程立龙 著

蓝 *Lan*

曜 *Yao*

中国言实出版社

图书在版编目（CIP）数据

蓝曜 / 程立龙著. -- 北京：中国言实出版社，2019.5

ISBN 978-7-5171-3131-1

Ⅰ．①蓝… Ⅱ．①程… Ⅲ．①诗集－中国－当代 Ⅳ．① I227

中国版本图书馆 CIP 数据核字（2019）第 079476 号

责任编辑：史会美
责任校对：代青霞
责任印制：佟贵兆
封面设计：淡晓库
书　　法：崔世广
篆　　刻：何敬民

出版发行　中国言实出版社
　　　　地　址：北京市朝阳区北苑路 180 号加利大厦 5 号楼 105 室
　　　　邮　编：100101
　　　　编辑部：北京市海淀区北太平庄路甲 1 号
　　　　邮　编：100088
　　　　电　话：64924853（总编室）　64924716（发行部）
　　　　网　址：www.zgyscbs.cn
　　　　E-mail：zgyscbs@263.net
经　　销　新华书店
印　　刷　北京久佳印刷有限责任公司
版　　次　2019 年 5 月第 1 版　2019 年 5 月第 1 次印刷
规　　格　787 毫米 ×1029 毫米　1/16　10.75 印张
字　　数　145 千字
定　　价　38.00 元　ISBN 978-7-5171-3131-1

序

让体内的光芒永远有效

□ 周庆荣

　　立龙兄将出版他的第一部诗集，取名《蓝曜》。已逾天命之年的他，似乎终于找到唯一的方式去唤醒隐匿于体内的光芒。如果用色彩去细分，隐匿在他体内的这一光芒便是蓝曜。

　　他求学的岁月是在大连舰艇学院，海魂衫和蓝色的大海镀亮了他的青春。他无法形容当初萌动在心头的力量究为何属，当他想用文字表达出来时，就成为他年轻时最初的诗行。

　　他走向社会后，生活的第一现场逐渐覆盖了青春时的最初力量。他在海军机关做过处长，然后转业到地方做了多年的领导。直到有一次我的老乡、军旅作家黄玉东约我参加一个周末聚会，我走进房间时，已经有几个客人正相谈甚欢。介绍、寒暄和握手。立龙的手是我最后握的，他似乎简单地触碰一下又坐下继续发言。我听到他在谈论诗歌。

　　当他说总有一些内容属于生活之外，它有时撩得我们一边集中注意力于生活的第一现场，一边心里开始直痒痒。他说自己喜欢即兴地记录下来这些痒痒。或许是因为我好为人师，我立马打断他的话，对他说诗歌既是看不见的玫瑰花，更是空气中看不见的伤痕。对待生活，我们应该一手拿花，一手高擎长矛，而许多时候，花是无形的，长矛可能举在别人的手里。

我和立龙第一次的诗歌交流算是正式开始，当他坦诚地说我的话中有话好像正是他以前写诗时所忽视的，我便从他那张极具社会经验的面孔看到了他真正的具有诗性的内心。他谈了许多在大连舰艇学院读书时的经历，谈到了身穿海魂衫站在甲板上到了海洋深处的那种激动，他觉得体内有一种冲动：大海是可以征服的。一年后的今天，他主动告诉我：大海更多的是让人敬畏的，因为陆地被海洋抱着，因为海底躺着许多沉船，往事既属于经验，也属于人类应该汲取的教训。

这大概解释了他体内的光源和光的颜色。

其实，每个人的体内都有这样的光。有的人因为后来的日子热闹非凡，体内的光芒丢弃在车马喧嚣中；有的人因为日子里充满了具体的辛苦和劳动，已无暇唤醒体内的形而上的光芒；而另外一些人或许自己就是黑暗的一部分，因此开始警惕光芒的苏醒。

对立龙而言，他体内的光芒属于何种状态？

自一年多前那次聚会后，他开始勤奋写作诗歌。他开始在午夜独自思考，他的抒情由原来的随性自发变成了自觉的有方向的文字。在知天命之年，生活的风风雨雨都已经是生命的真实，体内的最初的光芒或许是生命中真实的真实，他回归真正的诗歌之后，用自己不懈的写作努力来让这种光芒继续有效。

十天前，他来我办公室，带来拟出版的诗集的打印稿。因第二天我要去外地出差半个月，就把这部诗稿随身携带。此刻，在南方的午夜，窗外是阵阵雨声，夜空中偶或可见的闪电，从榕树枝头上望去，好似地面的植物延伸到天空就变成了能够发光的事物。在这样的情形下读《蓝曜》，诗已经不仅仅是诗，它是黑暗中醒着的光芒，是蘸着灵魂的荧光在人间写下的朴素的生命也能够闪亮的存在。

立龙在扉页上自题：感悟生活以外的感悟，生活感悟以内的生活。我将这句话看成是他的自勉，也从他的自勉中读出了他没有在漫长生活俗常的细节里丢失的精神坚持。一般来说，感悟必须基于真实的生活，但同时要超越生活的平均情绪才能让感悟对生活发挥作用。感悟的不被浪费，要求我们能够知行合一，活出感悟到的哲学意境和诗意的栖守。他的这一自勉，让我感觉到他之所以写诗，不是为了简单地发发骚兴，而更是为了让诗歌证明自己体内的光芒和他的精神本质。

《蓝曜》由五辑组成：人物、海潮、行走、家乡和生活。我只想重点谈谈这部诗集中他所书写的人物。从"写什么"角度，诗歌的书写对象大概分两类：可触摸的与经验和直接感知有关的，不可触摸的与哲学、神性和臆想有关的。立龙书写的目标事物当属前者，他在"人物"一辑中主要选择的写作对象是：保洁员、保安、小时工、外卖小哥、快递小哥、搬运工、小店主、滴滴司机、护士、足疗师、代驾司机、宾馆服务员、理发师等，唯一与他早年成长记忆有关的人物只有那个名叫阿拜的老师。这些人尽管职业不同，但身份一致——都属于平凡得不能再平凡的人们。这些人如果简单地和他自己所拥有的社会身份进行比较，很容易比较成生活悬殊迥异的存在。立龙对每个人的叙述，一落笔就表达了自己的情感立场。平凡的人确实有更多的不容易，但他们的存在是重要的且不可忽视的，他们的高贵之处在于能够从平凡中找到对生活的支持性力量，一旦生活得到支持，他们似乎便因没有奢望而简单地幸福。他们或许不仰望星空，或许还带有阿Q式的自我麻醉，然而，我们的世界在需要仰望星空和需要勇士的同时，是否更需要在地面上认真流汗的人们？新世纪以来，我在自己的诗歌创作中，也曾经多次用"小草""砖头""蚂蚁""蚯蚓""藕"等意象，来譬喻匍匐者、流汗者，立龙书写方法上与我不同的是，他直接采用白描手法为这些人物勾勒生活画像，然后进行主观倾向非常明确的或善意或悲悯的批注。

列举几例如下：

老马，冀北人，近花甲，环卫工

扫帚是笔，垃圾桶是砚
他一路挥毫泼墨
从早到晚，从春到秋

作品全都在别人的脚下

自己只留下风霜
一部分在头上
一部分在渐渐隆起的背上

明明扫了一辈子的马路
他却说自己不扫马路
只扫春秋

——《环卫工老马》

很显然，对于老马而言，每天要扫完规定的马路，这是他的工作。他用扫出来的工资去保障自己和家人的生活，他不敢往崇高的方向想。是诗人程立龙将寻常的扫马路与写春秋进行连接，他安慰了平凡者，也安慰了自己内心深处的情感。

垃圾桶里的垃圾每天很多
她低头拖着两只垃圾袋
像飞不起来的鹰

——《保洁小张》

生活中，能够飞翔的人是高蹈的，垃圾袋和沉重的翅膀是影响飞翔的现实。诗人愿意把鹰这一意象所喻指的高远和飞翔赋予一个普通的保洁员。

他站在楼外
总觉得楼很高，像山
原来自己一直都在山谷里

——《快递小哥》

上面几句是《快递小哥》诗的结尾部分，在完成对快递小哥日常工作环境的叙述后，诗人以旁白的手法把都市的喧嚣和窒息拉远成自然中的山谷。快递小哥日常的往来奔波似乎是在山谷中惬意地旅行。这样的手法效果很好，因为过度的现实主义的铺陈有时无益于解决现实中的问题，不妨让理想主义来试试。

搬家的人有家要搬
搬家的人没家可搬

——《搬运工老曹》

城市建设和发展过程中，我们千万不要忘却那些进城务工的人们，他们建设着我们的家园，自己却远离故土。这两句诗里面有痛感，有针砭和提醒。

车型很多
油门刹车方向盘
决定不了终点
别人的去处不是他的归途

——《代驾司机》

代驾的工作规则由别人的目的地来安排，类似的规则远大于代驾，比如强者的意志决定了弱者的服从。我以为，唯他人意志而行，对于代驾这只是工作，对于更广泛的人群，对于我们漫长历史所沉淀下来的一切唯上的现象，我们是否应该深思？

谁能知道
这些地上的草
总结着多少头颅的往事
　　　　　——《路边剪头人》

　　诗歌意蕴的多靶向一直是我所喜爱的，话中有话，理发后的一地碎发有黑有白，有的带灰，它们来自不同头颅，往事如烟还是往事如歌？似乎没有结论，每个人读后，或许都会有自己的往事需要总结。

路灯太高够不着
比路灯更高的是星星
悬挂在他们的生意之上
　　　　　——《夫妻路边摊》

　　小摊小贩是城市的"毛细血管"，通过引导规划，这些"毛细血管"会让我们的城市变得生动。我们的城市治理，与其简单武断地整洁，还不如复杂地让生活永远冒着热气。

　　"人物"系列里的最后一首是立龙用诗来纪念他大学时代的第一个诗歌老师的，老师阿拜可能已经走远，但诗人对他的记忆却没有模糊。我相信，随着立龙重新回归诗歌，他对自己诗歌记忆中刚开始的人和事，一定会更加感怀。这是他的品质，也是我对他的认知。
　　总体来说，读完他的"人物"系列，我感觉到这些草木一样存在的人物，在人们的脚步中匍匐着，被踩痛了，最多让我们想到清晨叶片上晶莹的露珠，待阳光照射，这些珠露般的泪水马上就干了，他们将继续认真地生活。这些作品，诗人的主观意义的赋予往往成为点睛之笔。如何让意义通过事件和人物本身去完成，这是立龙今后写作中需要进一步思考的。

这部诗集里其他几辑的作品，一以贯之地保持了立龙的写作态度：实在、真诚、悲悯。他用诗歌来平行于自己的生活，让诗意的抒发使自己的生活尽可能地增加和给予温暖，每当体内发出沦陷的提醒，他就用诗来使自己上升。与一些只浅表地把诗歌身份狭隘化和技术化的人不同，他选择诗行合一的写作态度。诗歌再神圣，也从人间烟火中来。诗歌的纯粹和高洁恰恰拒绝偏执的任性与傲慢，写诗的人应该比任何人都珍惜人间的真实和真诚。我认为在立龙身上，泊着可贵的纯粹和诚意，他让诗歌能动于自己的生活，每一句诗都可以记录下表达完成后的具体快乐。我赞美这样的写作态度，同时也期待他能够进一步体会：让意义和意境尽可能地由目标事物本身去完成。

"让我们体内的光芒永远有效！"

谨以这句话与立龙兄共勉！

2019 年 4 月 9 日凌晨于泉州仁风书屋

目录
Contents

第五章　生·活

第一章

人·物

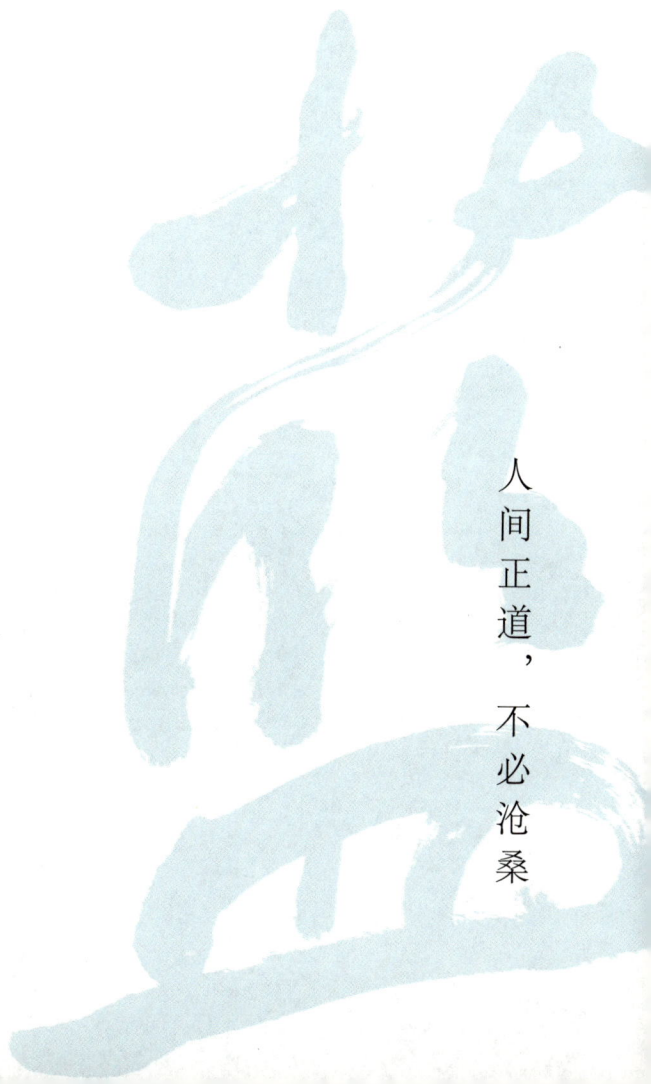

人间正道，不必沧桑

名家点评
为卑微者立传及后面的情与义——读程立龙近期诗歌

□ 李 犁

程立龙的手中有一支马良的笔，这笔就是他的情感，他的爱。诸如操着不同口音的保洁员、环卫工、保安、外卖和快递小哥等形象各异的人物，于日常生活中不可缺少，却又总是被忽略。而在程立龙的笔下，这些人物有了呼吸，有了微笑，有了声音，有了喜怒哀乐。我把这看成程立龙诗歌的秘籍，更是他诗歌的异质性和价值所在。

诗让消失的人物复活，并活灵活现，这算不算高级的技术呢？但你在程立龙的诗里很难看到技术，甚至我冠之于秘诀的情感和爱也几乎没有在诗里留下痕迹。他似乎是旁观者，像安在头上的一个监控器，只是尽心尽责地录制他所看见的一切。这非但没有减少诗的辐射力，反而让诗更客观更真实。当然不是所有的真实都可以成为诗，须经过剪辑，哪些扬弃，哪些留下并凸出，也必须需要情感的过滤，于是爱与憎就出现了。情感隐藏在文字的后面，是导演，也是发现诗完成诗的驱动力和筛选器。但更重要的是，因为有爱有同情，让他在白描和塑造这些人物时，线条清晰流畅，简洁生动，且速度快而形象突出，一些金句也在感情的催逼下自动生成。譬如，他写残疾但乐观的保洁员老孙："老孙工作很认真 / 地板擦得比他脑门还亮"；写年近花甲的环卫工老马："明明扫了一辈子的马路 / 他却说自己不扫马路 / 只扫春秋 // 一把又一把 / 不为把垃圾扫走 / 只为摊匀早晨的第一缕阳光／让每个角落都有／／一把再一把／不是为了扫尽落叶／而是把夕阳拢起／不让黑夜带走"。看似顺口而出，但内含智慧；是平常说话，也是在修辞。这就是实中有虚，虚中有诗，让沉重中透出一丝光亮。

再比如他写陕北十八岁的外卖丁小哥："小哥很小／小到像家里还在淘气的孩子／但，他已在路上"，"酒楼餐厅小吃店都进过／大多站着，极少坐／川菜粤菜淮扬菜都懂／味道没尝过……／／他已经很努力很小心／但还是会晚了凉了破了洒了／别责怪，他吃的更凉"。完全是写真，挤出一切虚妄和杂质，辛酸露出来，诗更加平实了。程立龙为什么这么写呢？我想一定是这个陕北娃撬动了程立龙的心灵，让他省略了关于诗歌的种种技艺，随情感的自动选择，直接截取小丁最真实的生活片段了。

这就是对外来打工者的同情和悲悯，我视它是程立龙写作这些诗的动机和目的。他一共写了二十五个这样的小人物，我觉得最能代表他的心肠和审美品格的应该是这首《保洁小张》，这个来自内蒙古的女子，个子不高，刚过三十："保洁未必都是大姐／工服遮住了她的身材和年龄／／保洁工作的空间不大／走廊，楼道，电梯间和卫生间／／手上的一块抹布／从不让浮尘与肮脏片刻停留／扫帚和拖把是她的随从／走过的地方，永远干净／／走路轻说话轻干活轻／就连在角落打开午餐饭盒，也轻／整栋楼没有她的声音／／男卫生间是女人的禁地／她出入自如／她是保洁大姐／／垃圾桶里的垃圾每天很多"。

依旧是白描，诗像高清镜头，在收集那些平常但典型的画面，有特写有被忽略的动作和细节。"小"和"轻"是这首诗的着眼点，一切从此发源，一切又都归于此。小，不仅是她的身材，还有她的地位，以及生活的位置；而总是轻轻的，不仅是她的体重和行为，也暗指她的小心、忐忑，还有她的生命状态。最后一句是小与轻重合，也是对她生活和命运的形象化揭示："她低头拖着两只垃圾袋／像飞不起来的鹰"。这是非常精准又有视觉效果的比喻：一个小小的女人，拖着沉重的大麻袋，在地上踯躅着，趔趄着，真像扑腾着翅膀没法起飞的鹰。而用属于天空的鹰来比喻这个打工妹，是不是暗喻她也有着像鹰一样拥抱天空的理想，但现实却折断了她飞翔的翅膀。

到此，有泪开始盈眶。我想程立龙在写作这首诗的时候，内心也一样有潮水拍岸，不然他就不会发现这个小张，也不会准确迅疾地找到此诗的诗眼（即小与轻），包括最后这句总结性比喻，都不是反复推敲出来的，而是感觉的自动生成，是情感奔泻时自然刮带出来的痕迹，或曰伤口。所以我说，情感和爱是程立龙写作的诀窍，虽然你没直接感受到情感在迸溅，但所有诗歌的样子，都是他情感涡流在深水下起伏的形状。于是这些诗变得有情味，有人味。他写的是小人物，但折射的是大人间。

选择见人品，他能写这些外来打工者，说明他善良且有良知。这正是我呼吁的情与义的写作，也是有血有肉的写作。我之所以呼唤诗人要有情与义，是当下诗歌写作中存在太多的无情无义。在所有的文学艺术体裁中，我个人认为只有诗跟作者是连体的，读诗就是读人，因为诗都是作者心灵上剥下来的血和肉，不论诗表现得多么冷静，但诗里都淌着诗人的血和泪。诗人有情义，才能视万物为亲人。程立龙能把所谓的外来的打工人口视为亲人，为这个群体集中精力写诗，就是为卑微者立传，为人民塑造丰碑，这不仅是有情有义，更是一种大情大义。

以上面引用的那首诗中的保洁小张为例，我们经常在小区和楼道碰到，但我们除了觉得他们有点挡道碍事之外，没有对他们的内心和命运深究，大多数人是以一种居高临下的姿态面对他们。而他们也是上苍赐给大地的孩子，而且他们以最大的忍耐对待不公与艰辛，以最小的愿望期冀和接受生活给他们的一切。这些人跟所有人都是平等的，是共和国这架大机器上的一个零部件，平时大家视而不见，但没了他们，这个机器就会出大故障。能意识到这一点，除了善念拨动，也透视出他的格局和境界。

从写作上来讲，写真人真事，诗歌就不重复，更不会千篇一律，而且个性鲜明，有精气神。但需要强调的是，在也是非虚构诗歌中，很多诗歌写得独特而陡峭，而且尖锐刻骨，直逼真相。但是读了后，却感到冷风刺骨，直打寒噤。这说明这些诗歌冷漠，甚至冷酷。而程立龙的这些诗，虽有微凉，但不寒冷，更多的是有情感逶迤在诗行中，诗歌因此有了红润、丰盈和温暖。这就是正道的写作，是文学之大业。同时他的写作也启示诗人们要有情义意识，不仅让有情有义重情重义成为诗人的重要品德，还要将这种品格日常化，成为一种习惯和本能，让这种明媚的潜意识牵引着诗人的思维想象情感和口与笔，晴化和暖化着诗坛。从而让我们的诗歌修复破损的人性，矫正偏离的人性，让闪耀温和善良美好的人性诗歌，照亮我们残缺不全的人生。

可见，程立龙的写作是有准备有方向的，是重大之思后的现实精神的写作。看是单独的个体，捆在一起，就是集束炸弹。面对当下迷恋自我和技术主义，即使写点现实，也过于杂碎的诗坛现状来说，程立龙的集中目标集团似的写作，提醒我们必须调整写作姿态，重新思考诗歌的重与轻，以及写什么和怎么写。

新时期以来，诗歌一直从写什么向怎么写转化着。"怎么写"是"道"，是写作的核心。怎么写就是怎么提高诗歌的技术，诗歌的进步也就是技艺的创新和革命。可以说，最近十年来，是诗歌技艺最活跃最先进最成熟的时期。当下一般的诗歌作品，放在二十年乃至三十年前都是最优秀的作品。但是当下这些作品依然唤不起大多数阅读者的兴趣，这是为什么呢？我认为就是我们的诗歌太轻了，太没内容了。诗人们没有对现实对时代对人类遭遇的苦难做深度地忘我地舍生忘死地探索和挖掘。而诗人不应该一味地缩进自己情绪的脖子里，应该为别人尤其是那些生活边缘的卑微者流点血和泪。诗中有了这种关怀，诗歌就有了肝胆，有了重量和力量。而且这样的责任感和担当意识要成为诗人的一种素质，一种习惯。路见不平一声吼，这样的诗人和诗歌不仅有情有义，更是施之于行动的大侠大义。

这就又回到了诗歌写什么的问题了。从写什么到怎么写，体现的是时代的进步和文本的进步，更是志到智的转化。再重新从怎么写回到写什么，是诗人个人意志的选择，主动地去选择时代的苦难和勇气，就是让智力承载起诗人的凌云之志，诗歌的大情怀大感动大温暖大境界。这对当下精美又自恋的诗歌就是一种灸刺和警醒。我们需要优美婉转的情歌，更需要惊天地撼灵魂的豪迈的壮歌和圣歌。这就是程立龙写作的意义和价值，也是给我们的思考和启迪，而且他也在这样实践着。诗歌有了目标，程立龙下一步需要解决的，就该是怎么样让诗歌走得更美妙更奇峭，更能刷新人的眼球、思维和心灵。

李犁　本名李玉生。中国作家协会会员。20世纪80年代开始写作。出版诗集《大风》《黑罂粟》《一座村庄的二十四首歌》，文学评论集《烹诗》《拒绝永恒》，诗人研究集《天堂无门——世界自杀诗人的心理分析》。有若干诗歌与评论作品获国家级和省部级奖励。现任中国诗歌万里行组委会副秘书长、辽宁新诗学会副会长、《深圳诗刊》执行主编、《猛犸象诗刊》特约主编。

保洁老孙

老孙，川人，保洁，属龙

老孙的个头不高
他说自己一直住在山顶

老孙说话嗓门很大
他说声音太小对面的山就听不到

老孙平时爱笑
他说自己笑了群山才会笑

老孙平时总喜欢扯两嗓子
他说生活怎能没有歌

老孙一直过着老孙的日子
一辆没刹住的大货车
刹住他原本的生活和一条腿
他笑笑人可以残但不能废
装了假肢外出打工

老孙走路有点跛
他说腿瘸并不影响走得正

老孙对病人特别好
他从不拿自己当病人

老孙工作很认真
地板擦得比他脑门还亮

老孙的笑声和歌声一样亮堂
楼道病房都跟白天似的

老孙每月只拿三千多
他说自己啥也不会这钱不少

老孙租住在十来平米的房子里
他一回去歌声就飞了出来

老孙简单
老孙的生活也简单

2018.10.20

环卫工老马

老马，冀北人，近花甲，环卫工

扫帚是笔，垃圾桶是砚
他一路挥毫泼墨
从早到晚，从春到秋

作品全都在别人的脚下
自己只留下风霜
一部分在头上
一部分在渐渐隆起的背上

明明扫了一辈子的马路
他却说自己不扫马路
只扫春秋

一把又一把
不为把垃圾扫走
只为摊匀早晨的第一缕阳光
让每个角落都有

一把再一把
不是为了扫尽落叶
而是把夕阳拢起
不让黑夜带走

老马说自己快退休了
就担心年轻人
会不会也像自己一样去扫

2018.11.17

保安老王

半百老王，小区保安，来自山西

翻一座又一座山
坐了一趟又一趟车
他终于来到城市中央
却在城市以外

一栋楼挨着一栋楼
楼里住着很多叫业主的人
与他有关也无关
因为他只是保安，姓王不重要

他冲所有人都笑
所有人并不朝他，也笑
几条狗甚至朝他吠
他笑笑
对畜生不能计较

老王老家的大门总是敞着
这里的大门得关着
他要守着大门
看住所有的来往进出

岗楼，四季和昼夜分明
他只知道四季
还有四季和昼夜以外
住着他爱的人和爱他的人

2018.11.12

保洁小张

保洁小张，内蒙古人，刚过而立

保洁未必都是大姐
工服遮住了她的身材和年龄

保洁工作的空间不大
走廊，楼道，电梯间和卫生间

手上的一块抹布
从不让浮尘与肮脏片刻停留
扫帚和拖把是她的随从
走过的地方，永远干净

走路轻说话轻干活轻
就连在角落打开午餐饭盒，也轻
整栋楼没有她的声音

男卫生间是女人的禁地
她出入自如
她是保洁大姐

垃圾桶里的垃圾每天很多
她低头拖着两只垃圾袋
像飞不起来的鹰

2018. 11. 13

人·物

小时工范姐

范姐，湘人，小时工，不惑之年

小区里的人都这么叫
瘦瘦小小很南方
擦洗铺叠煎炒烹炸全不错

几年前随丈夫来京
满口的湘音没人听懂
她就用笑说话
用认真利索的干活重复

刚开始请的人少
她在小时以外再送时间
现在忙得一家连一家
只能往小时里加力气和速度

活儿干得好，饭菜做得也好
喜欢她的人就多
吃不完用不完穿不完的
都让她带走，她笑着收下
工钱不能少
自己的劳动不打折

老家有一双儿女
那是她最大的牵挂
每天再苦再累
只想让孩子读县城最好的学校
将来也像这里的人一样

进过无数的家
怎能不想自己的家
她说，每天累得只想睡觉
睡着了，就不想了

2018.11.15

外卖丁小哥

外卖小丁，陕北娃，年十八

小哥很小
小到像家里还在淘气的孩子
但，他已在路上

头盔和马甲颜色鲜艳
电瓶车似乎已老马识途
方圆十多公里的地儿都熟

酒楼餐厅小吃店都进过
大多站着，极少坐
川菜粤菜淮扬菜都懂
味道没尝过

你想吃的在他手里拎着
穿过风雨飞奔而来
他的衣食住行在你手中握着
四季的背影

他已经很努力很小心
但还是会晚了凉了破了洒了
别责怪，他吃的更凉
送来就好
不妨给他个好评

2018.11.16

快递小哥

姓牛属牛，滇人白族，个小黝黑

绿皮火车载着青春的驿动
一路向北
掠过大半个中国
终点一辆三轮

城市很大，气候陌生
他用白族男人的步伐
开始奔跑，取暖

小三轮突突向前
雾霾四处躲闪
骄阳下寒风里秋雨中
取件送件，顺行逆行

驮着背着扛着抱着拎着
姿态生动
吃的穿的用的玩的，丰富
都市生活的微小细节

双十一被堆成了山
他是山的后人，喜欢高度
把一座座山装进三轮
跟他一起流汗

爬楼跟爬山有点像
自然想唱唱上山的山歌

可一唱总走调
这里是楼，不是山

他站在楼外
总觉得楼很高，像山
原来自己一直都在山谷里

2018.11.20

搬运工老曹

涞水老曹，五十开外，搬家公司搬运工

上下进出，一趟一趟
一趟沉重吭哧吭哧
一趟轻松靠在墙角抽烟
流在地上的汗不少
长不出庄稼

长着庄稼的地方
他把所有的负重交给毛驴
这里没有毛驴
只有厢式货车和他

车厢不透风
堆着货物和他们的冷暖
太热推开一扇门还热
太冷关上门也冷

扛着大的抬着沉的捧着贵的
拖着弄不动的，汗流得小心翼翼
碰坏别人的东西赔不起

创可贴只贴伤口
卫生纸包的才是疼痛

总觉得再过几年就搬不动了
不再吝啬力气
喜欢电梯的直上直下

没有，六层楼拐弯抹角也得爬
楼梯上踩的全是坑

搬家无非把家具电器衣物
从一个屋子挪到另一个屋子
家怎能说搬就搬
家的话题太沉，搬不动

搬家的人有家要搬
搬家的人没家可搬

2018.11.24

夫妻小卖部

小周小李，来自徐州，小本生意

通往地下室的地方
连着明亮和黑暗
他们的营生，面积很小

蔬菜水果，烟酒杂货
撑满六七平米
小李被货挤着，做买卖
没有假货，良心比挣钱重要

门口摞着啤酒和北冰洋
别人喝过的快乐
小周一箱一箱码好
送走一波，拉回一波

楼口的摇摇车
天天摇着别人孩子的欢笑
他们的一双儿女，都在老家

随叫随到，不分昼夜冷暖
分送八年的光景
给小区里的每家每户
所有面孔似乎都熟

白天里的说笑和买卖
在夜深处关门

地下室才是他们的归宿

白天在白天，黑夜在黑夜

2018.11.27

外墙清洗工

河北老李，四十挂零，身强体壮

楼有楼的高度
楼顶大多插在天空

老李常在天空
伸手就可以抓住一片云
他从不伸手
云不能当饭吃

一根粗绳
从天上拖到地上
挂着他的生命内外
鲜活被固定在只有上下

不喜欢风的方向
和雨的表达
风雨都不说话
他的世界才会宁静
路过窗户
表情才会生动

从天而降的汗水
把大楼的脸冲洗得很干净
不用电须刀
一样容光焕发

无数次站在高处
却很少向地下张望

不是害怕，而是
他一俯视
就会看到地面上有无数个自己

2018.12.06

早餐二人档

夫妻二人，四十开外，来自安徽安庆

早餐得早
头天晚上和面发面
凌晨三点磨豆浆包包子
太阳不能饿着起来

炉火点燃的那一刻
辛劳也跟着点燃
妻子熬粥，丈夫揉面
周围温度上升
黎明就来了

早餐摊摆放在路口
一面围墙是他们的依靠
冬天的脚步虽然忙碌
但蒸笼里冒出的热气把他们推远

油锅不停地翻滚
像家乡的麦浪
小小的种子放下去
总能炸出大大的金黄

端来的豆浆包子油条和粥
并非美味佳肴
却是最好的朝霞
配上黄梅戏的音调
让人一天明媚

剩下的留作一日三餐
这辈子发誓不再吃早餐的内容
卖了八年早餐起了八年早
头发沾的面粉越来越多
相互掸，掸不掉

家乡盖起了三层小楼
一层住着牵挂，一层住着思念
而中间那层
住着三千个日夜空白

2018.12.08

滴滴司机

师傅姓赵，四十不到，高大魁梧

怎么看都是五十开外
皱纹很深
故事也很深

三十岁年轻的一拳
打在婚姻上
家破得只剩一扇铁窗
出来后才发现
路很宽，却容不下他的脚

尾音上翘的唐山语调
头还没抬就已落地
憨笑在脚下低沉

一米八几的大个子反复折叠
二手富康，占据一半空间
另一半留给乘客
伸展被压缩

一脚油门一脚刹车
脚让自己规矩
不加塞不压线不抢灯不绕道

习惯了随叫随到
乘客每一个目的地

是他生活的目标
他的路从来都不属于自己

车到哪儿家就在哪儿
凌晨两点到四点
后排座椅放不下一米八的长度
蜷着，省了房租
人的高度每天下降

2018.12.11

盲人按摩师

盲人王佳，三十有二，河北保定人

六岁时的一次医疗事故
太阳从此落下

他用手认识世界
摸七彩阳光下的鸟语花香
摸教室里的琅琅书声
腿上胳膊上脑门上的伤疤
摸得很少

小竹竿越长越高
他摸到了父母的皱纹
一条离家的路
原本就没有光明

盲人按摩店不大
六张按摩床五个按摩师
他态度好手法好性格也好
揉按捏拍从头到脚
点号率极高

别人的疼痛一摸就清楚
捋经络按穴位揉肌肉
总能缓解
心痛他没办法
可再痛又怎比得上活在黑暗里

他的脑门大
装着世间万象
耳朵也大
一台电脑带他游遍世界
人不能总待在
没有阳光的地方

2018.12.15

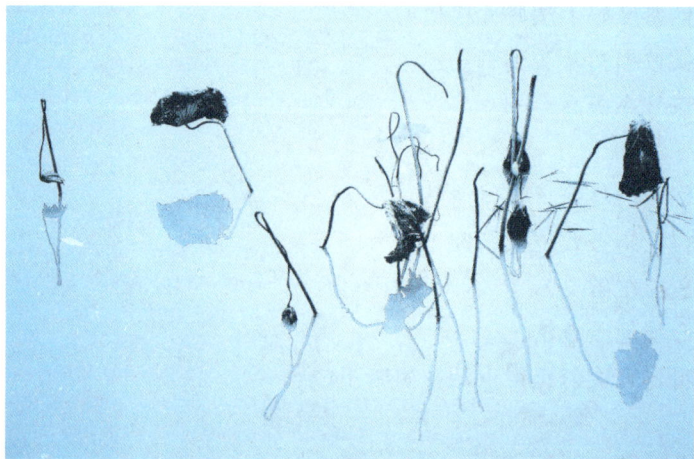

代驾司机

而立小赵，鲁聊城人，驾龄八年

白天干白天的活　　挣白天的钱
晚上属于另一个桥段
身上的马甲是个道具
主角不是自己

饭店里的推杯换盏与他无关
酒吧里的喧嚣与他无关
一盏瘦瘦的路灯
拉长他的等候

车型很多
油门刹车方向盘
决定不了终点
别人的去处不是他的归途

酒后的喋喋不休和无理取闹
他默默承受
无数的莫名酣睡
他只仰望夜空
这段走完
才有自己的下段

折叠自行车
是最好的伙伴
四季风雨
一次次带他从深夜
到更深的夜

2018.12.19

人·物

031

地铁司机

李亮，二十九岁，老北京人，七年驾龄

城市还没有醒来
他的脚步已是黎明前的动静

一支手电
是他每天最早的光明
一百二十米的车厢
记下两圈的明亮

隧道很长
黑暗比隧道还长
太阳刚刚升起
他已在黑暗里穿行

车厢里灯火辉煌
他的驾驶室三平米暗淡
车灯是他凿开黑暗的铁钎
目光用来追赶明亮

两千五百个来回
他记下了每段区间的声音
细微的颠簸
也是他最懂的节拍

站台上的光明
是他的向往

哪怕停留的时间再短
他都要把自己照透

黑暗里没有四季
四季在他的头顶之上
同城市一起成长

2019.01.09

路边剪头人

老仝，六十有七，退休工人

没有理发店的高档设备
没有打下手的小工
一个人一双手

旧木箱年岁不小
装着全部家当
剪刀，推剪，梳子，镜子
外加一块围布一张凳

一条大路很宽
他在路边不影响别人行走
冬天找个太阳开张
树荫是夏日里的经营
冷热自己调

他只剪头不是理发
不洗不吹不烫
一律十块
凭手艺挣钱

刮胡刀磨得异常锋利
客人需要修面
刮不去皱纹
却总能刮下点沧桑和疲惫

地上的一堆碎发

看不到具体

要么花白如雪要么沾着尘土

和他头上一模一样

谁能知道

这些地上的草

总结着多少头颅的往事

2019. 01. 11 凌晨

洗头小工

小工姓吕，不到十六，甘肃天水人

老家的土塬搬到了头顶
一半红一半蓝
发型像火鸡

白白的小脸泛着稚气
胡须刚刚萌芽
嗓音在虚实之间
笑清澈透亮

理发店的客人很多
他是第一道工序
淋湿，洗发，搓揉，冲净，擦干
所有的头都低在他面前

他用格外的虔诚
打开水龙头
就像捧着整条渭河
河水流向遥远的地方

女性的长发都像母亲
黑色的瀑布
翻滚少年的遐想
用青涩的漂泊
长成理发师的模样
给黄土高原做一个最美的发型

2019.01.11

洗车工小全

年龄十八，初中文化，来自雪乡

洗车房大门敞着
一辆车接一辆车开了进来
大批寒冷跟着

他手中的冲水枪最先开火
一柄长刷驱赶污垢
毛巾前后奔跑
车辆的表情淡定

洗干净的车喷着热气离开
寒冷继续留下

胶皮手套和长筒雨靴
切断水的入侵
却无法阻挡寒流
手上脚上全是冻疮
战争的遗址

冲洗过的水在脚下结冰
他在冰上行走
仿佛已把故乡踩滑

2019.01.13

足疗师孟姐

工号十八，四十不到，来自新乡

父母的一声叹息，出生
自己的一声叹息，嫁人
公婆和丈夫的一声叹息，生妞
笑，已陌生多年

三十三岁离家学艺
六年，四座城市九个足疗店
脚步领着目光走

力气在六十多个穴位中行走
捏搓揉拍
客人身体里的石头被搬走
气息开始充沛

别人的脚在她手里
别人的路她摸不出来
自己的脚在脚下
自己的路在别人手里

足疗店灯光暗淡
无法找到她的表情
也找不到
能打开她欢欣的穴位

2019.01.15

宾馆楼层服务员

姓肖叫花，三十七岁，河南焦作人

小煤矿支撑她婚后的生活
丈夫天天下井
她的心也跟着一起下井
黑黢黢的，像煤

她讨厌黑
拖着丈夫外出寻找光明
建筑工地，敞亮
五星级宾馆，也亮

宾馆的门旋转高大
她只走侧门
楼层的光幽暗
她却把活干得通透明亮

金擦成金银擦成银
自己擦不成自己
床单被罩铺成洁白的田野
每间客房伸手一片光

下班的路连着家
也连着舞台
随口一曲豫剧
直接把自己唱进戏里

2019.01.22

夫妻路边摊

张姓夫妻，四十出头，冀邢台人，专烤冷面

白天与他们无关
小三轮顺着夜的方向
吱吱呀呀地上路
十字路口，支起营生

路灯太高够不着
比路灯更高的是星星
悬挂在他们的生意之上

两个剪影不用吆喝
加上鸡蛋香菜火腿肠
配上孜然芝麻酱料
味道瞬间饱满
咬一口自有日月星辰

一块铁板四季滚烫
烤出来的面也烫
却说成冷面
他们在夜里说不清

夜越走越深
星星忽明忽暗
路站在他们身边
他们站在城市的外面

2019.01.27

流浪歌手小谭

歌手小谭，来自黔北，二十五岁

他栖居的小平房
蜗牛一样地匍匐在
城市的楼群中
一把吉他弹奏出旋律
那是蜗牛的舌

他的歌和他的梦
原本一直长在家乡的山顶上
长大了
带自己去放飞

广场是城市的广场
夜幕是他的大幕
无须粉墨
站着的地方就是舞台

梦想和生活掺杂
打开的琴盒盛满期待
二维码扫的人很少
零钱更少
好不好听与钱有关也无关
一首接一首唱
凉了的盒饭一旁听着

他说自己只是歌手
从不流浪

纵使嗓子里灌满风沙
也要把自己唱定在一个地方

2019.02.02

空姐小秦

高挑白皙，芳龄二七，家住上海

小时候心高
长大后真就天天搂着白云

天上下来的全是仙女
她不会织布
把笑容织成祥云
各路神仙都来捧场

人高，飞得也高
地面上的仰望久了
太累，大多调转方向

小行李箱拖着长长的孤单
陪她一起飞
翅膀划过的天空很多
脚步刻着过道狭窄的人生

起飞，降落
一次次穿过气流的颠簸
她只想让飞翔的姿态
在天空一直完美

2019.02.13

护士小魏

手术室护士，二十七岁，内蒙古人

清晨，提着最干净的太阳
打开手术室的门
满屋子明媚

先把自己弄得透亮
再查验每一个手术包
最后清点阳光数量
一垛一垛码好
等着赶走藏在肌体内的黑暗

从病房到手术室
用自己特有的阳光
照在病人的脸上
推出一路春风

输液打针量体温测血压
飞着各种准备
像前沿阵地的战士

无影灯下没有他的身影
他把准备好的阳光
一把一把递给身边的医生
缝合在病人身上

病人亮堂了
他一点点暗淡下去

手术室的门关上
夕阳已走远

他是一名护士
一个不粗犷却细腻的男人

2019.02.24

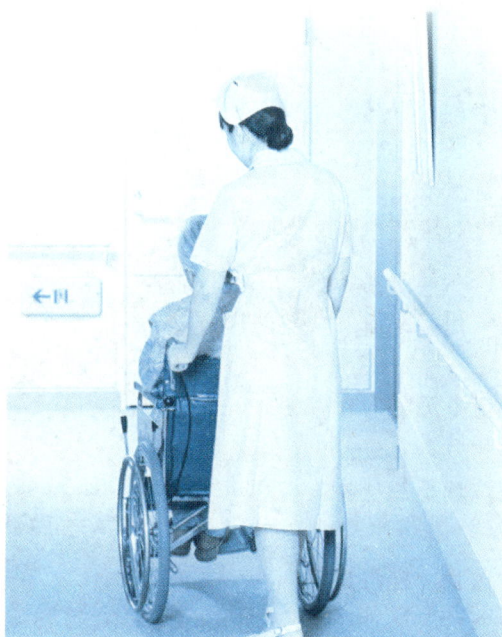

拜阿拜

三十年前
一间很小很小的平房
您用满嘴的海蛎子和
满屋子的
热情　把我领进了诗门

我记下
您喝茶的样子
"学会看茶杯里的波纹"
笑很粗
整个城市都能听到
粗粗的手指
总能灵巧地牵出成串的
诗行　很细

后来
我离开您去了远方

当我重新回来
看到了"白蜡烛"仍在燃烧
只是已在天堂
"抒情"和"爱情"在您两侧
我说
"我在树下沉默"
您告诉我
"我的沉默是一棵树"
现在
一棵树像我一样沉默

2018.05.18

第二章

海·潮

海阔天空，踏浪而歌

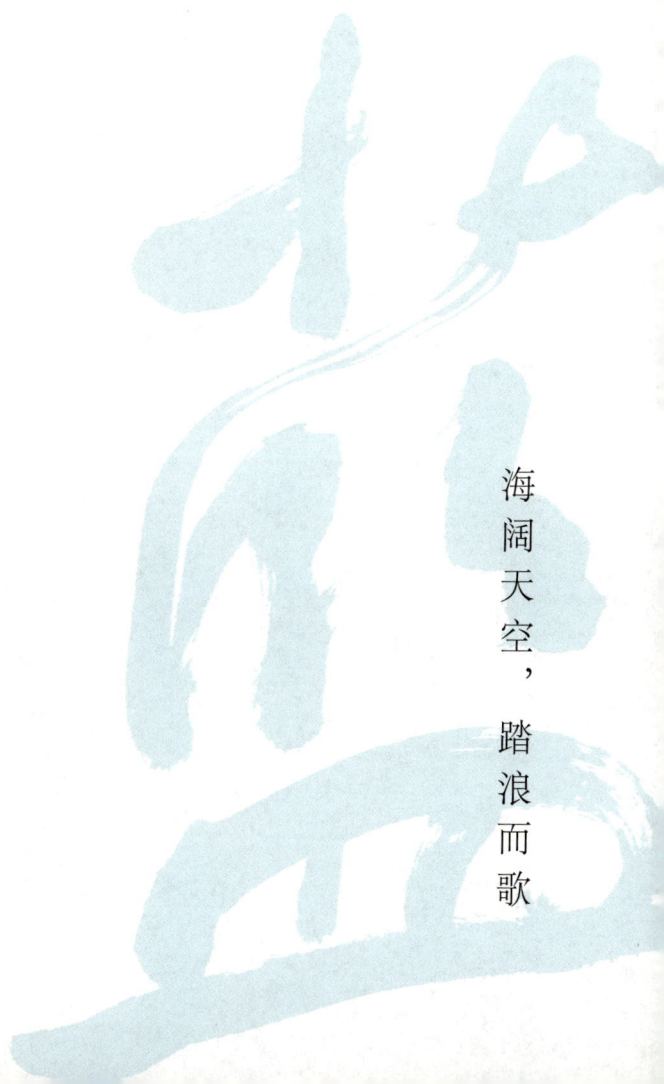

名家点评

□ 姜念光

程立龙的写作基于对生命的丰沛热情和对生活的细腻感知，将强烈的情感落实到语言中，让诗歌发出召唤之音，呈现出机敏、爽朗、诚恳而透彻的特质。这在当下诗坛悲戚伤感与幻灭空虚的流俗中，显得尤为可贵。

而多年海军生涯所积累的生命经验，让其诗歌意识始终有一种源头性质的支撑——礁石屹立般的硬朗，波涛起伏般的澎湃。是现实又不失理想的，是既严肃又欢乐的，也是既从容又热烈的，并常以准确、斩切、清晰的词语，获致视野的广阔与心中的蔚蓝。

姜念光 山东省金乡县人，先后毕业于某军校军事指挥专业、北京大学艺术学专业。中国作家协会会员。20世纪80年代末开始诗歌写作，作品见于各种文学报刊与图书，入选多种选本。2000年参加第十六届"青春诗会"。著有诗集《白马》《我们的暴雨星辰》，另有散文随笔、批评文章及学术文章若干。曾获第二届"丰子恺散文奖"、第七届鲁迅文学奖提名。现任《解放军文艺》主编。

致母校：海军大连舰艇学院

三十年前，大连
老虎滩没有虎
虎都在对岸的操场和教室里
锻打新鲜的青春

自由河一直规矩
没有海蓝色的流淌
却把海魂衫
渲染成老虎的条纹

菱角湾守着的一片海
激荡蓝色宣言
小舢板从这里划向深蓝
航母在不远处等候

四年的浇铸
血很热，在炮膛燃烧
像虎的眼神
对着疆土以外

军旗飘过的天空
海面平静
不必找寻蛟龙
在海上，老虎也敢发声

海风吹过三十年
头发上有一百二十个春夏秋冬

那里的故事
已是岁月里的铭文
至于那群老虎
虎形依旧，虎威不老

2019.03.07

我在太平洋的波纹里

脚下的土地冻了很久
我决定向南飞去
一不留神
飞出了母亲的期许

一冬的负荷
在太平洋的波纹里卸载
拥抱来得如此热烈
我来不及准备一份仪式

在温暖的无边无际里
按自己的方式做一次洗礼
注入今后的日子
一生不冷

2019.02.07

太平洋也可以风花雪月

此刻，北京在下雪
我坐在太平洋的暖风里
天上繁星点点
雪花飞舞

这里阳光正浓
用原始的方式扎进深蓝
拔开一波一波的浪
手臂一挥，雪花一片

不必怀想那冷去的日子
在太平洋
一样可以风花雪月

2019.02.09

看海

张开双臂
就可以把海抱住
海风卷着波涛迎面而来
用热烈的节奏撞击我
藏在深处的年轻

我喜欢这样的悸动
无边无际的澎湃
只要一眼
那老去的岁月就可以
再次壮阔波澜

2018.10.27

脚印

每次来到海边
我总会把脚印留在沙滩的松软里
让或深或浅的怀想
与海同框

海浪是另一种表达
卷着风直直地飞奔而来
用层层叠叠的豪情
拎起我的脚印带往海的深处

沙滩留不下印记
却可以展放漂泊的灵魂
干脆踏浪而歌
浪花是我行走的足迹

2018.10.30

十七的月亮

两天，仅仅晚了两天
嫦娥带着玉兔就走远了
人间的供奉留在人间
你守着清辉，孤寂很圆

不顾城市和乡村的仰望
你只面对一片兀自起伏的大海
一个宽敞的拥抱
潮水一波接一波，追逐
你意味深长

你说自己不是夜空的主角
只是能发光的石头
挂在天上就为拎起海面
让潮水奔腾

2018.09.27

我总站在海的中央

还记得
自己把青春在海水里泡了又泡
直到泡成一个水兵模样
在甲板上亮相
黝黑的脸上闪动洁白的浪花

还记得
穿过的波峰浪谷
每一次都是用摔打的方式
让我硬朗得像礁石
起伏跌宕的胸膛也跟海一样

还记得
离开海的时候
只要一闭眼
就能听到阵阵涛声
现在离海远了
可一回头
自己就总是站在海的中央

2018.08.01

暗流

（与庆荣、爱斐儿同题）

多想狂野一次，像瀑布
纵身一跃
哪怕粉身碎骨
多想蹦跳一回，像小溪
叮咚向前
就算自说自话

但，心中的壮阔波澜
不能说出
表情必须凝固
沉默，让平静沉默
而我
只期待穿过一个缝隙
放纵一下，奔腾不息

2018.06.07

又见海蓝

终于
又闻到了海的味道
那是久别的感受
初恋的气息

海风有些痴狂
拥抱我记忆的柔软
往事瞬间融化
此刻，我属于海

海笑着看我
我笑着看海
海浪跳跃着欢乐
陪我走向最深的蔚蓝

2018.04.06

沙滩有约

夜让沙滩安静
海浪层层叠叠地聊着
自己的故事
我在海边静坐

远处的船帆升起朝阳
照亮我的返程
还未起身
海浪便已挽留

把脚印泊在岸边
系上缆绳
不管走得多远
记忆总在沙滩匍匐前进

2018.04.07

三分之一的随行

——致 23 年海军生涯兼贺人民海军 69 岁华诞

从白马庙的宣言启航
驶向大洋深处
长长的航道
洒满青春的浪花

激越的乐曲
嘹亮我海蓝色的脊梁
一朵浪花
透亮我的全部

随行的三分之一长度
撑满一生的意义
每每回首
都很辽阔
只想在你的进行曲里
再一次，正步走

2018.04.24

海
·
潮

离海久了

日子的质地
如水平淡
唯有那箱底的海魂衫
散发曾经的体味

不经意间的回眸
总有一股深蓝色的野性
随心腾起
那是披肩犁海
浪花翻卷的风动云涌
那是飘带逐浪
波涛奔放的青春宣言
这每一次涌动
都会澎湃一些日子

夜会深，海会累
军港掌一盏灯
点亮星星渔火
战舰连同白天里的故事
一起安睡
不必潮起潮落
这样的静谧
都会安详一段岁月

离开海久了
但凡翻起　总会
波几番，浪几重

2018. 03. 08

听海

我闭上双眼　　听海
像海边的礁石

听海的呼吸
沙滩最懂的情书
一页一页翻阅

听海的欢笑
忘情飞溅
追逐向前的航道

听海的心跳
波涛每一次的昂首
都是向天的宣告

听海的低鸣
任狂风撕开胸膛
没有呐喊没有哀嚎

还有远处的海鸥
拍打着海天
唱着不离不弃的歌谣

每一次听海
我只想更多地懂海
让自己
要么成为海一样的人
要么成为礁石一样
守护海的人

2018. 03. 15

灯塔

孤独地站着
海水包围了你的寂寞
但滚烫的胸膛
燃烧着身边的苍茫

屹立在海天间的忠诚
不朽日夜的神话
纵使风吹浪打
风骨岿然
一如脚下的磐石

笑着听涛
笑着看海
坚守自己的坚守
孤独最美的孤独

像哨兵
站一个浩气荡漾
像男人
坚定向远方
不为亮了自己
只为　永远引航

2018. 03.22

礁石

承受黑暗
坚守永不背叛的忠诚
承受诅咒
只为冲出海面的挥手

波涛肆虐后的伤痕
留在身上
任浪花一次次
破碎成坚强

风雨抽打的苦难
总被黑暗淹没
所有的沉默
只为等待

潮水退去
把黑暗踩在脚下
用挺拔的胸膛
给世界
一个漂亮的姿态

2018.03.25

锚泊的时候

锚泊的时候
月光透过舷窗
柔柔地
飘进船舱
舱壁上
嵌着好几个月亮

远处渔火点点
像铺在海面上的音符
心一动
就有一段旋律升起

甲板上的思绪
总在飞
翻山越岭
随着家乡一缕炊烟

锚泊的时候
心中的航行灯总在闪
那是前行的向往
只要汽笛鸣响
立刻，起锚远航

2007.08.03

咸梦起伏

梦，苦咸
像海水
涨落起伏

那是，从前
枕过的波涛
海蓝色，标签

风，很潮
在空中，弥漫
忧伤成笑
欢笑成泪

云，很浓
海天无缝
站着，便就
立地顶天

雨，很大
像成串的话语
对海倾诉

离海久了
思念就咸
梦，也咸
咸梦是梦
有梦就好

2007.07.31

离开海的日子

离开海的日子
记忆总是不停地回放
曾经的云起云涌
曾经的潮涨潮落
像风筝扯不断

离开海的日子
耳边总是不断地响起
远去的拍岸惊涛
远去的千尺浪卷
怎么都剪不断

离开海的日子
身后总有
成串的长调
悠扬在遥远的地方

离开海的日子
我想着海
海，也在想我么

2007.02. 12

想海的日子

想海的日子
心中的缤纷
被调和成蓝色

想海的日子
情感的行囊
越来越重

吼一声秦腔
卷得起八百里尘土
却赶不走
咸咸的苦涩

摔一杆长鞭
舞得起万马奔腾
却挥不走
淡淡的眷念

想海的日子
日子泡在海水里
想海的日子
记忆就成了海

2007.01.30

静静地想海

静静地想海
想静静的海

静静的海
像安睡的圣母
没有风起云涌
没有浊浪排空
没有涛声怒吼
没有浪花飞溅

静静的海
像一支奏鸣曲
铺着
日出东方的锦
抹着
夕阳西下的红

静静的海
像一首小夜曲
嵌着
渔火点点
闪着
月光粼粼

静静地想海
想静静的，海

2007.01. 29

第三章

行·走

行者无疆，路在脚下

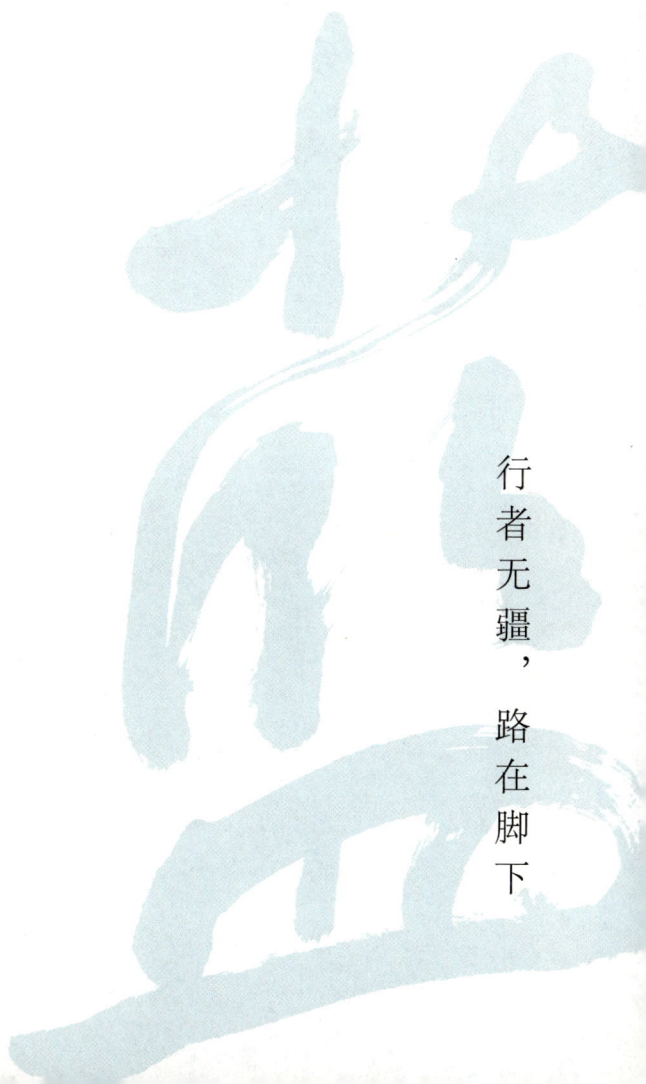

名家点评

□ 陆 健

　　"行走"常常作为一个复合词存在，二字在此断开，显然有其用意。现代生活中"行"是常常借助交通工具的，"走"仍靠双脚。起码我愿意这么理解。立龙这部分诗作，得之于寻幽访古。幽多自然之貌，古乃人文景观。能看出诗人对细节的关注，品味，自我与客体的对位，相互置换，从中提炼出具有独特个人色彩的诗句。在立龙启发下我回忆中外名家，流传广泛之作，相当一部分属于羁旅，访古，登临，忆旧或新得（观）一旧物，老友重逢相见欢时的产物。自我与新的（翻新的）情景相遇，于是才思大动，于是笔下生花。主体思维惯性，惰性受到冲击，编码模式被改写，作品焉能不多少呈现些与往日不同的面貌？《曼谷记忆》《山里一夜》《夜雨后，在苌弘广场》《会飞的城市》等很多诗都是我欣赏和钦佩的。尤其读了《山里一夜》，我也是"全身上下都亮了"。

陆健　中国传媒大学教授、硕士研究生导师，中国作家协会会员、中国诗歌学会理事、中国殷商文化学会会员、中国传媒大学书法学会副会长。1982 年以来发表诗歌、散文、评论等作品近千件，出版诗集《窗户嘹亮的声音》《名城与门》《日内瓦的太阳》《不存在的女子》《非典时期的了了特特博士》等近 20 部，文艺评论集《xU 人的诗歌》《二十世纪外国著名短诗 101 首赏析》等，获多种文学奖。有作品被译为法、英、日文，有作品被收入《中华诗歌百年精华》等书。

走在雁栖湖冬天的湖水里（六首）

雁栖湖的冬天

在湖水的边际
大雁的脚印
已飘成空中的羽毛

开始冷下来的湖水
表情严肃
关于温暖的答案
暂时在水底下休眠

风推着雾霾
仿佛大雁双翅挥舞
划开的闪电

大雁南飞
我知道了它们的下落
雁栖湖和湖畔的我
立刻不冷

2018.12.03

在寒冷的暖阳里

此刻，我坐在正午的暖阳里
室外气温很低
内外相差一个人的体温

窗外，雁栖湖把阳光摊开
春水荡漾
一道粼粼波光
带我到湖水中央

做一滴阳光下的湖水
在最寒冷的日子自由自在
不去岸边依附
会被冻成厚厚的冰块

2018.12.13

让湖水再次嘹亮

大雁在和不在
雁栖湖总有自己的表达

雁翅拨动云朵那会儿
湖水的春秋正浓
抒情也好嘹亮也好
都在天空
一排排，一行行

大雁向南飞去
留下一湖的怀想
表情严肃
语言全在水下流动
湖面渐渐凝固成严冬

我站在湖畔的寒冷里仰望
等大雁回来
双翅犁开冰封
湖水将再次嘹亮

2018.12.24

夕照雁栖

雁栖湖终于不再说话
用沉默拒绝冷酷
把所有的语言
隐藏在厚厚的无言之下

雁塔在远处守望
夕阳下是一把火炬
点燃天边
让湖面跟着一起燃烧

燃烧过后的冷，更冷
雁栖湖继续冷静
只期待用一个长夜
育一枚暖阳
重新滔滔不绝

2019.01.05

湖边断想

（一）
天太冷
诗被冻住了
可惜了雁栖湖
这一湖的词汇

（二）
大雁走后
雁栖湖空荡荡的
几只乌鸦飞来觅食
啄不开湖面
只啄出满嘴的冰

（三）
嵌在湖边的一个大圆球
叫日出东方
我在湖的对面
每天都看，晚上也看

（四）
冰冻从湖边一点一点
向湖心包围
最后一刻封上湖的嘴巴
我想，雁栖湖
一定有话要说

2019.01.17

沉睡的湖水

雁栖湖睡了很久
红红的火烧了它半边脸
依旧没有醒来

正午的太阳
用明晃晃的枪
一次次刺在它脸上
亮晶晶的睡

也许，它以沉睡的方式
等一枝杨柳
拨醒它的千言万语

而我，一个雁栖湖的路过者
又如何唤醒
这一湖的波浪

2019.01.24

曼谷记忆

长在屋顶上的尖角很长
直接插在天上
把城市拎到了半空

摩天轮转动南湄河的流向
城市一半漂在天上
一半漂在水上

天空中传来的梵音
好像在给人间的生灵点名
一声为来，一声是去

夜市升腾起的热浪
把人们提到
轰隆隆的高度
双脚不知不觉地长成了翅膀

2019.02.16

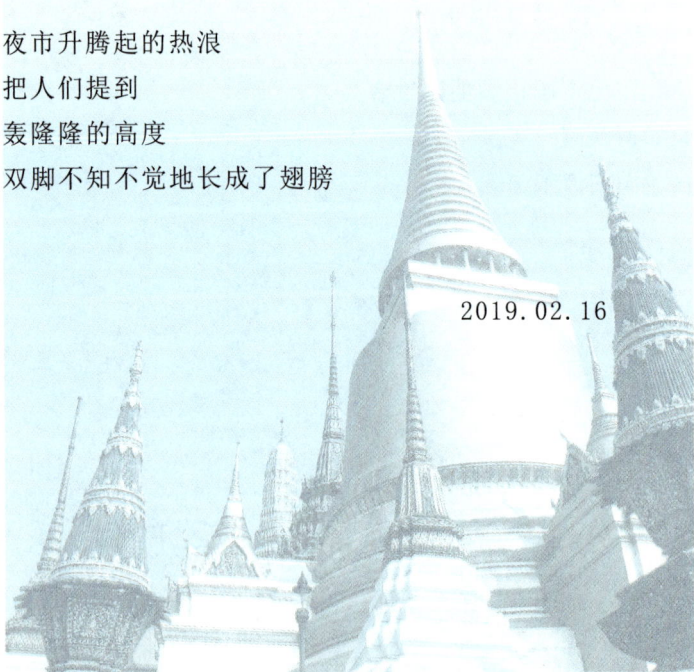

夜住临沂

半夜时分
我走进一幅书法长卷
风在晚秋中狂草
却留下平和自然的行书

沂山和蒙山架着各式各样的毛笔
沭水沂河散发墨香阵阵
鹅池在历史的章回里沉睡
主人叫兰亭序

祊河最早醒来
羲之献之都已穿好长衫
糁在砚台里散着热腾腾的香味
蘸一滴便可写满春秋

脚下有最好的纸张
正草隶篆尽情挥洒每一方山水
在书圣遒美健秀的笔锋里
我探寻到了临沂的根

2018.10.09

宽窄巷

装着成都印记的
宽巷子窄巷子
没有宽窄，只有深浅

青石板看不到足迹
历史光滑如新
只有高挂于门头的典故
被霓虹灯闪烁出古老的新鲜

"三只耳"摆下龙门阵
鱼在火红色的水里游弋
"听香"有些为难
一声吆喝
耳朵里填满各种麻辣味道

宽窄巷并不长
两千年的路，走不到头

巷子的深浅里
装着一座城
每个人都是条巷子
没有宽窄，只有长短

在宽窄巷的宽窄里
总想找一个
让自己宽窄的理由

2018.12.28

麻羊，我只用来怀念

到了冬天
黄甲的一个节日被动物命名
麻羊长有坚硬的犄角
却无法刺破
它们用生命换回的祭奠

我不吃羊肉不喝羊汤
不想让麻羊在体内乱窜
宁愿独自在远处
冷得写不出诗

牧马坡与牧马无关
却牧着麻羊的前世今生
漫山遍野的咩声
冬天已是早春

麻羊看我，我看麻羊
目光里都有温度
最冷的雨里
不喝羊汤我也不冷

对于麻羊
我只想用来怀念
如果非得写成一首诗
那应该是带有温度的碑文

2019.01.07

北京的胡同

我在胡同里，行走
总是很小心
生怕碰破久远的沧桑
一股脑儿涌出来
故事又细又长

老槐树站了几百年风雨
他的根连着
元世祖战马的嘶鸣
小青砖垒着大明朝的基调
百花深处咿咿呀呀
一直传到今宵
大蒲扇信手一摇
都是八旗子弟的味道

海棠花的清香
从深宅大院的门缝里挤出
点亮了门前的灯笼
又红又圆
流出来的光总是成串叮当

四千条纵横贯穿
勾勒出京城最初的模样
马路越长越大
你用老迈的慈祥
关切着年轻的成长

顺着你眼神的细长

我走向一片宽广

一回头却发现

所有的胡同都看不到尽头

2018.07. 22

青松岭

在山和山的缝隙里，穿行
拐过一个又一个弯
来到你面前
长鞭，马车，老槐树
仿佛当年的道具
依然在山谷里，集体空旷

原来你把自己和自己的故事
纹到了山的胸前

疼吗？我问
疼才有历史
不疼那是过往，你告诉我

我让沉默直直地站着
想把自己站成一棵历史的青松
却发现
山一层一层地包围了我
你依旧在山与山的缝隙里

2018.07. 21

密云山中

云很浓
把大山，村庄和我
一起包裹

我在山脚下，仰望
山顶仙幻的缥缈
给自己找个上山的理由

风带着我从云雨中穿过
山谷挽留
而我只想站在山顶
和天空聊聊

2018.06.10

山里一夜

那一夜
我在山里住下
枕着树木花草

雄鸡突然高唱
时钟指向两点一刻
凌晨，天没亮
风却亮了

分针转了半圈
雄鸡开始第二次嘹亮
我推开窗户
涌进一群星星
微笑，天没亮
地头的庄稼亮了

雄鸡又一次唱响
时钟指向三点一刻
天没亮
山谷却已醒来
我知道，天快亮了

那一夜
在山里住下
雄鸡三唱
我全身上下都亮了

2018.06.12

夜雨后，在苌弘广场

一个广场
一场雨
雨声是此刻最合适的口音
故事开始
我想叙述苌弘广场上
异乡人的心跳

广场是三个人的
苌弘盘坐
音律在江边散开
孔子恭立
土地的哲学
让雨证明
现今的弹奏
雁江是工尺谱的源头
坐和站都是历史的高音

文字穿着汉服而来
正草隶篆开始厚重
字库山站在广场身侧
祖先是巍巍山脉
因为我是祖先的未来
我不能被高处渺小

沱江珍惜这段典故
把辽阔与奔腾放在别处

九曲河宁愿安静
一支童谣轻吟
文言古曲
十几条溪水悄然入怀
汇成最美的生活

一场雨
一个广场
我默默走着
苌弘站立
碧血包围了所有

2018.05.08

会飞的城市

——致雁江

来　我飞过雁江头顶
走　雁江飞在我的上空
飞翔已是约定　无须理由

大雁飞过三万年
遥远　半月山梵音飘飞
生命干净　川剧高腔飞翔
云端　人字形编队
飞成一座字库塔
蜀人原乡本就住在月亮之上

沱江被天空记下
城市有了会飞的翅膀
七河十八溪是它的子民
勤劳飞过千年
生动所有　仰望
不只在四川盆地中央

期待　飞过历史
我把相信留给未来

2018.05.25

扬州印象

一杯清茶
泡开广陵晨曲
皮包水在说书人的口中，亮相
缤纷，合欢桌次第呈现

东关街让古老年轻
味道开始热闹
谢馥春，漆器坊，三和四美，各种小吃
穿过，巷子又深又长
个园的竹子安静地看着人来人往

月亮城从不缺月亮
片石山房的水中每天都有
二十四桥只是佐证
扬州八怪总也画不完自己的月亮

古运河来往两千年昼夜
大明寺记下鉴真东渡的船帆
维扬菜飘香最好的名片
瘦西湖不用减肥

文昌阁披一身霓虹
时空下一秒切换成现代
隋炀帝已不认识曾经住过的地方
我离开，却只想把自己留下

2018.05.29

下司古镇

山谷里的清水
一边流淌着时光
一边把苗人从远流到近

飞檐下的红辣椒
锦绣了小镇的历史
鹅卵石的小道又远又长
走过新娘的银饰
把日子过得叮当美丽

芦笙响起
红纸伞穿梭
火把点亮了钟鼓楼的喧嚣
只舞得百花争艳
山水欢笑
融化，八方来客

2018.04.09

千户苗寨

吊脚楼一步一步
向山顶爬去
他们是山的内容
绵延生生不息

老街飘出的酒香
沾满苍苍白发
久远苗族古歌的词曲
翘翘的牛角是最美的图腾

长桌上的佳肴
连接温柔的乡情
苗寨里的每一个日子
都有高山流水

无须洗礼
土地干净得纯粹
离我很远
离天，一定很近

2018.04. 10

西安印象

城墙上的每块砖
都镶嵌着一个典故
喷泉的每滴水
都脉动着一个节奏
历史与现实靠得很近
厚重与繁华切换自如

来不及弹去盛唐尘埃
便已披上
新鲜的霓裳
一眨眼
清香贵妃刚走
变形金刚已来

大红灯笼
点亮古都的神韵
也拨响青春的律动
任你穿行
在时光隧道里

真想把她打包
带往明天
续写最多的鲜活

2018.03.03

第四章

家

·

乡

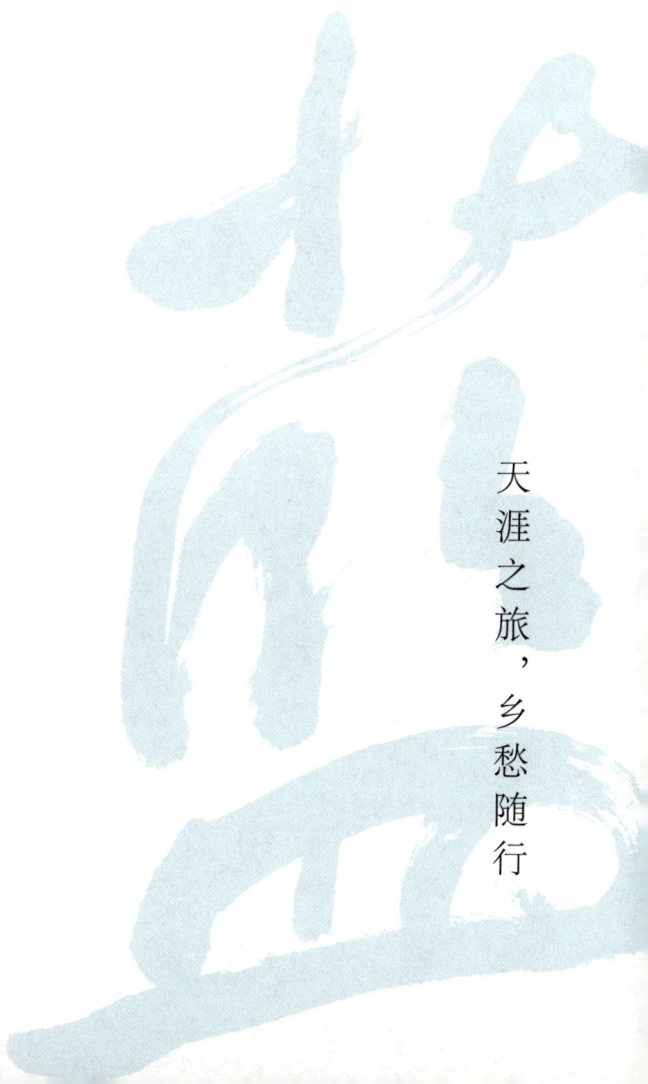

天涯之旅，乡愁随行

名家点评

□ 爱斐儿

　　每个人心里都住着一个永不消失的故乡——一个人精神的原乡，而诗人们喜欢在文字中复原这一景象。其实，文字只是诗人借用的一面镜子，用来照见自己的心像。当诗人把这面镜子捧给我的时候，我看到诗人漫长的行旅在我眼前铺开。诗人虽然跟着风走，跟着雨走，跟着时间的列车走；但是，无论走了多远，故乡、亲人、不变的亲情、四时风景依然还在。也正因为这一切一直都在，诗人行走的脚步才会如此坚定、稳健。只因那是诗人精神的资粮和原动力，链接着生命本源——爱，所以，家和故乡，是一个人爱的集散地，每个人都因这样的缘起而把这种爱的能量带往整个生命的沿途。这组诗歌，既是诗人的爱的追溯，也是一种对爱的坚信，更是一种爱的传递。正是借由这样的一种传递，我们的生命才会如此生生不息。

爱斐儿 本名王慧琴，中国作协会员。1984年开始诗歌写作， 2004年出版诗集《燃烧的冰》。2009年秋转入散文诗写作，作品散见于国内外多种报刊及网络媒体，入选多种诗歌年选，已出版散文诗集《非处方用药》《废墟上的抒情》《倒影》等，部分作品被翻译成英、日、法等文字。曾获首届中国屈原诗歌奖银奖、第八届中国·散文诗大奖等多种奖项。

家

五年前
父亲走的时候
我赶回去
喊了一声妈
那时，家还在

三年前
母亲走的时候
我赶回去
喊了一声妈
家，就不在了

如今，老房子
只住着一张全家福

爸——
女儿又喊我了

2019.01.08

我的家乡是水乡

我的家乡长在水里
水里有鱼虾、河蚌和螃蟹
早晨的薄雾升起水面
夕阳下的炊烟每天渔舟唱晚

水是我童年的伙伴
流淌着奔向远方的少年
在一个被水湿透的日子
我转身离开了水一样的家乡

家是水面上的小船
父母总是把船摇到我的梦里
船舱堆满了牵挂
还有我爱吃的河鲜
所以每次醒来
我的嘴角和眼角都是水

如今小船已泊在天边
我仍住在水里
只因家乡是水乡
她的一滴水让我变成
一片海

2018.10.21

家和家乡

推开窗子
云就涌了进来
带着满身桂花的味道

我躺在床上
云刚好盖在身上，很暖
天是一顶蓝色的蚊帐

父母在帐外看我
提醒我秋凉睡觉要盖被子
我说我没睡，在看你们

住在父母隔壁的稻谷很圆润
用红扑扑的脸膛告诉我
家乡永远住着家

2018.10.05

我愿做条鱼游在父母的河水里

隔着一条河
就是父母住的地方
河水虔诚地流向天的尽头
上边泊着无数云朵

水面不宽，却往事深远
我暂时只能站在此岸
让自己的脚在脚下

天地的距离是最宽的水面
我总能看到父母的每一个生动
天原本就在天上

月亮从不骗人
悄悄告诉我
让自己变成一条小鱼
就能永远游在父母的河水里

2018．09．08

一场雨下了三年

三年前
母亲走的时候
下了一场雨
雨很大，天空很晴

这场雨原本只下三天
却整整下了三年

今天的雨，下得极其真实
我一定是雨天出生的

天太冷，还是雨太大
房子有些摇晃
家抖得厉害
房梁朽了不该朽的地方

总以为，雨
是天上落下来的
其实地上也长

地上长出来的雨
又细又柔
落到身上却很滂沱
这雨，下了三年
我被雨水也浸泡了三年

2019.01.06

送寒衣

寒夜的十字路口
一堆火，又一堆火
从人间烧到天堂

纸衣服，纸元宝，冥币
随缕缕青烟一起快递
让亲人在另一个世界不冷

火光里
我看到了所有的哀思
祭奠最深的怀念

我也点燃了一堆
给我的双亲

离火越近却感觉越冷
赶紧找一件衣服
给自己披上

2018.11.09

家
·
乡

在崇礼的山上

说起崇礼的山
等于在说起男人的胸膛
季节起伏
或随风而动或凝固如冰

中秋的月挂在头顶
随手一抓
便像雪花贴在胸前
我的内心却并不寒冷

稻花开了还有桂花
想念南方的人站在崇礼
乡愁柔软
在坚硬的山顶之上

2018.09.25

身影

跟着我一起漂泊
每个地方都规规矩矩地匍匐
在楼与楼的缝隙里
也会贴墙笔直地站着偶尔

行走的脚步在家乡短暂停留
他却有了最大的恣肆
横着竖着与土地每一寸贴合
拉长伸展都有理由

有一次我在河畔孑立
河水还没来得及琢磨出我的心思
他就已在水面欢呼雀跃

干脆找一个可以想象的夜
让黑色涂抹黑色的印记
站在一个人的无声里
不曾想他却爬得到处都是

2018.09.14

家·乡

走近韩家荡

八月
荷是韩家荡对外的声音

荷叶绽放着
密匝匝地铺到天边
成了半空中的云
我在云朵里穿过一个夏季

荷花操着各种口音
说着自己的色彩
让每一个走过的人
都把五颜六色的清香带走

风很好，我留下
像荷一样生根
让曾经的壮阔波澜安静下来
守着一片荷塘就好

2018.08.28

韩家荡的荷

长相与别处无异
韩家荡的标签
让它浩荡无涯一路向天

风骨偏硬
每根脊梁都直直的
头上是一片一片的云
脚下的根踩得很深

风霜刻在脸上
微笑是从小到大的表情
有过泪
全砸在脚下
溅起一身豪迈

荷说
韩家荡不拒绝外人
如果会跳舞天空就是你的
如果会唱歌世界就是你的

我属于韩家荡以外
却只想做韩家荡的一叶荷

2018.08.29

跟雨走

跟着一场雨
来到塞外江南小镇

塞外的雨跟别处一样
都是从头到脚流到地上
只不过
她要把我淋成了一个湿漉漉的居民
让我在那里长出根须

河水一直安详
没有我的童年流淌
也许穿过烟雨
才是故乡的远方

我在雨中伫立
如果必须有一个模样
我就以故乡桂花树的方式生长
让乡愁在塞外飘香

2018.07. 10

回乡的列车

日子依旧滚烫
列车却从头到尾地凉着
我把自己抱在胸前

黑夜让这串绿色枯黄
季节向后倒去
回到冬天

一朵梅花凋零我的世界
火车开始瑟瑟发抖
呜——汽笛很沉
穿过长夜
从这头一直爬到家那头

2018.08.18

注：我的母亲叫张素梅，生于 1934 年仲夏，仙逝于 2016 年初冬。老人家离开的时候，我在开往家乡的 Z51 次列车上。

父亲（三行诗）

父亲写得一手好字
却没给我留下一幅墨宝
只告诉我字如其人

2018.06.17

注：我的父亲叫程树松，生于 1923 年初冬，仙逝于 2013 年初夏。老人家离开的时候，我在开往家乡的火车上。

清明（三行诗）

我在海边看海
母亲在海中央　　看我
海风拂过我的脸颊　　又潮又咸

2018.04.05

六月偶感

家乡在记忆里一点点老去
老成了故乡
河水的眼神不再清亮
墙上爬满斑驳的皱纹

我从六月的炊烟里醒来
在故乡里找寻家乡
却发现自己成了故人

行走在六月的炎热里
全身开满霜花
在我的头顶凝结成
花白的乡愁
固执一生

2018.06.26

八月，等一场雨

八月，因为母亲的生日
空气湿漉漉地热着
像海风
从遥远的故乡吹来
把人吹得咸咸的

知了的声音有些嘶哑
羽翼含糊不清
树成了他唯一的依靠，不想飞
等一场雨

我也在等一场雨
浇浇自己
上上下下淋个透
让所有的水重回母亲的海

2018.08.05

家·乡

凉

风，湿漉漉的
弥散着
几许清清凉凉

雨，冷飕飕的
洗刷着
父母住过的地方

小河无声
伴我同行
穿过旧日时光

那时这里叫家乡
家乡的冬天
不冷
现在这里称故乡
故乡的冬天
也不冷
但，有点儿凉

2018.01.03

秋雨是家

月亮是水做的
盛满了
要么铺一地银光
要么洒一路湿漉

水是乡愁做的
盛满了
要么青丝悲白发
要么问客何处来

乡愁是家做的
盛满了
要么梦中见爹娘
要么墓前拜双亲

家呢……
家
是绵绵秋雨做的

2017. 10. 03

家·乡

家乡小景

一汪水
一弯桥
绣一轮明月朗朗
织一幅仙境缈缈

季节的轮廓
模糊季节的容颜
家乡的怀情
含混家乡的概念
任那波光粼粼
闪动梦里几回

明明是冬
明明是夏
又明明是落在
烟花三月的秋思

2017. 11. 07

家老了

房子老了
父母也老了
老得像门前的那条河
颤颤悠悠地流淌
一段长满青苔的故事

房子老了
父母也老了
老得像屋前的砖头路
凹凸不平地铺着
一段尽是沧桑的过往

老房子
只能枕在梦里
老父母
只能挂在心中

房子老了
父母老了
家，也就老

2012. 10. 12

随心高飞

——写在女儿 18 岁到来之际

十八年前
也是这样一个温暖的季节
也是这样一个灿烂的日子
你来了
带着明媚的温暖
带着绚丽的灿烂
于是
东钱湖的碧波　笑了
牛轭港的海风　醉了
于是
白马庙的宣言
有了同行的记忆
共和国的海军
有了同庆的旋律

十八年的岁月
从三江四水
到长城脚下
从妈妈的鲁冰花
到爸爸的草鞋
从通廊房的嘈杂
到上下楼的安静
我们心牵心
一起走过暖暖的春
一同走过凉凉的秋
走过妈妈的皱纹

也走过爸爸的白发
走过浓浓的欢笑
也走过淡淡的泪水

如今
风干的泪水
已化成坚强的音符
曾经的磨难
已变成坚强的翅膀
十八岁的你
长成了一首经典的乐章
十八岁的你
长成了一篇美丽的诗行
十八岁的你
长成了一幅精美的图画
十八岁的你
长成了一副高飞的梦想

青春的宣言
镶嵌着别样的美丽
生命的乐章
流动着别样的光芒
用心中的大爱
奏响生活的强音
用心中的向往
铸就人生的辉煌

也许

前行的路会有坎有坷

爸爸愿用全部的力量

为你铺平

明天的大道

也许

明天的路会有风有雨

妈妈愿用自己的身心

为你挡住

一切的风寒

长大了

就能高飞

长大了

就该高飞

孩子

你飞到哪里

我们的心就在哪里

愿你

一生平安

随心高飞

2009．04．23

第五章

生·活

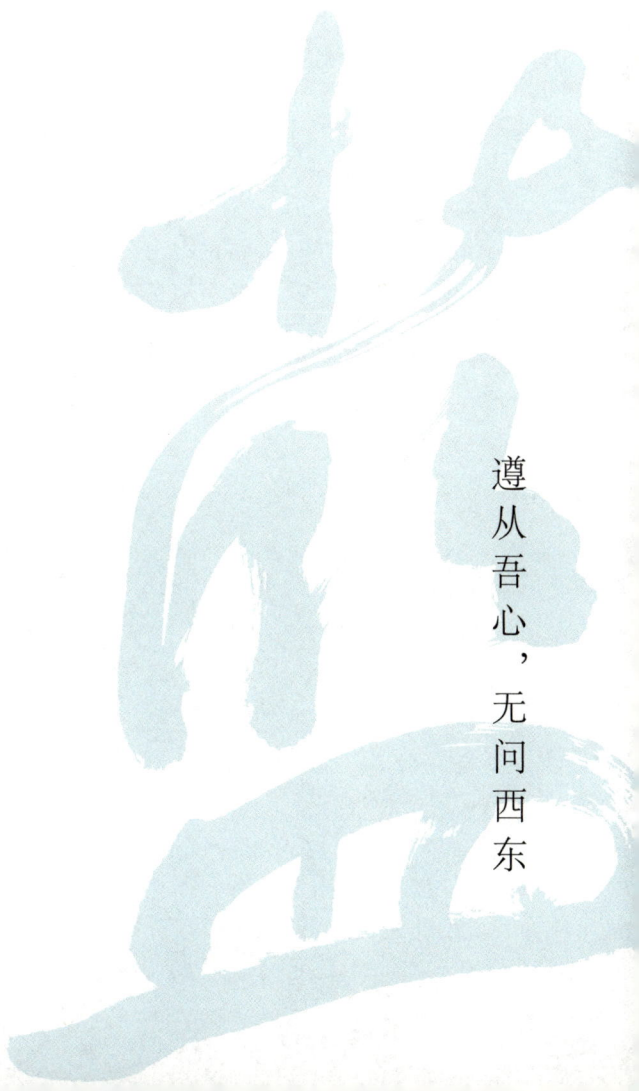

遵从吾心，无问西东

名家点评

□ 黄恩鹏

关注人的纯净内心，是诗人歌唱的必然。诗，要的是风雅颂，但更需要引体向下，将目光投注到别人注意不到的低洼或坑穴。这其实并不很难，但又很难。如同我们低下头来，察看一株卑微的花草。而正是这些弱小的花草与大树一起，才有了一个葱郁葳蕤、生命盎然的春天。无论是花草，还是大树，都是一种生命状态，都有着不凡的精神本态。胸中有大格局，不一定就去写高山大海。而是从身边最为平实的生命状态里悟到人类共同存在的本质。诗人借个体喻群体，顿悟似是而非的世道心灵。有如波澜，令人提升并沉浸精神澡雪之境。诗人所写，有着多重的蕴涵。有如我们在雨中听湖，有人听到了嘈杂，有人听到了天籁。诗人在生活中，听到的是心灵的感应。字里行间，有悲悯的情怀、感恩与困顿中的坚定崛立。生活如同稼穑，勤勉、执着、精心、耐心和信心，才会有丰赡的收获。诗人冷静地叙写了社会之变与人生之变，诠注了生命中不凡的价值取向。

黄恩鹏 中国作家协会会员，解放军艺术学院艺术研究员。著有中篇小说《蝉影》《月蚀》《天上飘着河流》，散文集《慵读时光》《到一朵云上找一座山》，散文诗集《过故人庄》以及长诗《大河魂骨》《大草原》《千年敦煌》《中国围棋》等。论著有《黄州东坡》《发现文本——散文诗艺术审美》《中国古代军旅诗研究》等。

垂钓

天热，天不热
蹲着，或站着
不重要
有一汪清水就好

放竿下去
一根细细的鱼线
决定我的思路
小小的浮漂是我的世界

钓到，钓不到
鱼大，或鱼小
不重要
放竿下去
就能钩住一片湖光山色
甩竿上来
我只想把沦陷在水底的天空
重新钓上来

2018.07.26

楼和山

楼和楼很近
面对面站着陌生
风雨从他们的目光穿过

山和山离得很远
却把四季聊得欢天喜地
山谷堆满他们的言语

夜幕降临
楼里的灯亮了
却恍惚了楼的长相
山反倒清晰起来
他们的头顶站着星星

楼越长越高
不是挡脸就是踩脚
如果他们躺下
山脉绵延

2019.02.26

雪

雪睡着了
冬天就干巴巴的
树把干巴巴的手臂
伸向天空

北方的土地一直沉默
皮肤皴裂
虽然冷得辽阔
却胸膛袒露
只等一袭长衫

鞭炮在空中炸了又炸
炸断季节的联想
春节序曲响起
雪醒了

雪花扭起的秧歌
总踩不到春
却踩疼了一季的等待

2019.02.20

无题

（一）
迎春花和冬梅比邻绽放
一阵风混合了它们的芳香
为何在春天
冬天的味道那么诱人

（二）
今年的风和往年不同
吹在秩序里的
比吹在秩序外的多

一阵风吹来
我用力抓住门框
但还是被吹到了季节以外

2019.03.03

站着的纸张

一张纸
可以写满站立
却没有
站立的理由

如果被无数次折叠
有了脊梁
就能一直站着

2019.01.29

晚秋

闭上双眼
树叶便不再零落
只听见，风刮得很冷

伸向天空的手臂，在风中
没抓住太阳
只留下光秃秃的唏嘘
一场雨赶来，滋润
结果凉意加深

还是把眼睁开
落叶把视线涂得红红黄黄
在风的末端，夕阳
可以继续暖

告别的方式很多
我从地上捡起，一片落叶
放在手心
秋的温度就一直，都在

2018.11.04

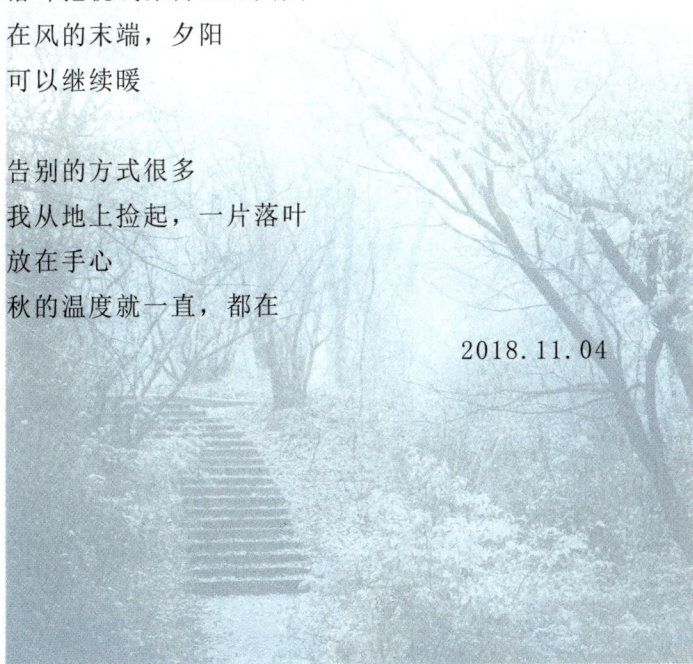

原点

季节站在原地，没动
我从一个季节走到另一季节
不用脚，而是翅膀

天空还是天空
月亮却改变了样子
红红的脸上
泛起喝过的季节陈酿

风用力奔跑
企图撞开季节最后的防线
星星打个寒颤
树叶和枝头继续谈笑

季节没动，我在动
我不动，季节就该动了

2018.10.31

冬天来了

风从枝头扯下最后一片树叶
也扯去了秋天的修辞

色彩开始进入冬天的制度
土地山川和河流不再说话
寒冷包裹它们的心思
目光投向远处
只有阳光下的树木
把春天埋在体内

冬天，可以冷
自己不能冷
体温是永远的支撑
站着，你的世界就不冷
你我一起站着
全世界都不会冷

2018.11.08

生
·
活

133

上山

你我一起上山
我走到你的前头
你让我等
我说，想早点上去
把山顶擦干净让你坐

你我一起上山
我落在你的后面
你让我跟上
我说，不急只是想
多看一道风景

你我一起上山
我拉着你的手
你说为啥不前又不后
我说，上前会挡你的道
拖后怕踩你的脚

2018.11.19

冬天的抒情

冬天的色彩，很浅
像水墨画
一笔山一笔水
留白整个世界

土地坦荡
胸膛上没有副词
和太阳的对话很辽阔
可以策马扬鞭

寒冷在话题以外
山顶上屋檐下小河里
有晶莹透亮的陈述
都是抒情的背景

我想在冬天里
来一次抒情
梅花自觉地开
芦花在大江南北飞
雪花在时空里舞

2018.11.12

雾霾与风

秋老了
托不住高处，云
散落在地上
视线阻挡了视线

风不敢年轻
表情和脚步有些迟缓
只有几片树叶匐在地上打转
思考着上天还是入地

我站在老旧的岁月里
体味季节的余温
是不是该用最后的绝唱
亮出一嗓
大风起兮云飞扬

或许最冷的方式
才能给世间一个清澈透亮
让季节重新生长

2018.10.17

雾霾

不必诅咒，雾霾
只是将天地间的事物笼起
来一次深沉的孕育
我用沉底的思考扎一枚清晰的风筝
放飞一个天晴地朗

2018.10.23

一场诗会

走进群山之中
每一座山峰都是高耸的风景
我抬头仰望

山峰和山峰聊着比山更高的事
高度无法探测
云端翻卷着他们的对话
天空和我一起倾听

他们的声音是最好的向导
我努力向上攀去
仰角的度数开始变换
我仿佛看到了山峰每张真实的脸

我试着发出自己的声音
山谷里鼓荡起风的力量

2018.09.18

季节本是一道梁

翻过一道梁就到了
季节的另一头
长在半山上的秋
用丰满的眼神
提醒山脚下所有的单薄

天可以继续蓝
云也可以继续白
都是天上的事
在人间
季节从这头走到那头
就是一道梁

要么站在季节里看风景
要么站在风景里看季节
也是一道梁
而我只想把自己站成风景
与季节无关

2018.09.23

天桥

泊在城市道路的上空
渡着南来北往

我在半空站着
看车看人看天看云彩
脚下，车流湍急
流向属于他们的远方
身旁的脚步，零零碎碎
敲打我淡淡的笃定

渡口两侧
我看懂了所有上下的逻辑关系
干脆留住脚步
在白云深处安个家

2018. 08. 07

门墩

大山曾经的石头
总有着齐天大圣的理想

疼痛过后
凿子让他们有了新的命名和
模样，本质依旧

门外，是他们的宿命
站着永远
脚步和故事来回穿过
门里，与他们无关
唯有远处的山
还留着他们的出生证

2018.08. 14

雨后看山

雨水抚摸山的额头
岁月的皱纹浅了很多
因为溪水总在叮咚
山一直不老

云雾让山顶和山顶
有了新的遐想
彼此看着彼此
是不是该有走过彩虹的浪漫

风醒了山谷
脚下有些躁动
花瓣漫过我的脚踝
浸香一路曾经的心思

雨模糊了山的年轮
一个长者仿佛回到了他的童年
山然后看我
我的岁月也开始年轻

2018.04.30

小巷

一叶枝条
深浅着你我视线
或许春在前庭
或许秋在后院

两盏路灯
闪烁着你我前路
抑或通途亮了
抑或尘埃熄了

几许缥缈
几绺笃定
脚步让方向清晰
前尘往事都是往事

走着，和你一起
窄走宽，浅走深
走一个云淡风轻
就有了自己的主题

2018.04.19

谷雨

布谷鸟
唱着自己的心事
越过所有风景
桃花醒了
山谷的脸红红的

故乡的雨
给了麦子生长的期盼
转过日子
绿油油的波浪
漫卷为成熟的金黄

季节交汇着彼此
压缩了畅想和记忆
少了负累的敞亮
总能留住
最好的春光

2018.04. 21

树说

树说
我的故
却深爱脚
季节是最好
最冷的日子
拥抱属于自己

树说
思考是我的影子
越长越长
要么深刻着肤浅
要么肤浅着深刻

树说，你是谁
我说，我是树

2018．03．10

特别的歌给特别的蓝

——致蔚来汽车

高挂于天空的宣言
注定与蓝色相关
在城市和乡村畅快写意
目光开始汇聚

速度让激情燃烧岁月
原野穿梭
青春舞动青春
一路挥洒最明亮的奔放

走进这片蓝色
你用很暖的目光看我
把我看成了一片海
浪花飞溅，你我很近

你用七彩装扮我的世界
我只坚守最初的遇见
感谢一路有你
未来，从不孤单

2018.09. 11

附一

女儿的话
"不想长大"的长大

□ 程默涵

不知道多久没有静下来写点啥了，老爸要出书，
还下了指令，要求我必须憋出点文字，小女不敢不
从啊……可这整本书都跳动着著名诗人、文人、学
者的文字，汇聚着他们的思想、凝结着他们的情感，
我的压力之大，可想而知……对了，本来老爸定的
命题作文是"不想长大"。那我，只能闯个"下里
巴人"的路子，交了这差再说。

我老爸吧——草哥，在我心里，一直是个很"浪"
的人。没错，是"浪"！首先是浪漫，到底多浪漫
呢，具体还得问我妈。于我而言，在此之前，其实
我就觉得他做了两件可浪漫可浪漫的事儿。第一件
事是，年轻时还不像现在这般有气场，越老越帅越
有味道的老爸，在各种富豪俊男中，青涩又其貌不
扬，但愣是靠着一支笔，写秋写月，写雪写花，把
我妈成功娶回了家……第二件事，就是在我十八岁

成人那天，老爸为我庆祝生日的一系列满分操作。当天，他悄悄订了一束玫瑰花送到我的高中，正全力备战高考的我收到花时一脸惊诧，打开花中的卡片，却见到了比花更美上千百倍的老爸的文字："女儿，生日快乐！恭喜你成年了！十八年来，这是老爸第一次送你玫瑰花，也是最后一次，因为长大以后，会有许许多多的男士给你送玫瑰花，其中也会有人像老爸一样，疼你爱你。"这祝福是暖的，甜的，幸福的，感动的，感动至此，浪漫才刚开始。记得那天晚饭后，我拆礼物看到一张粉色的纸，大标题赫然映入眼帘，"随心高飞——写于女儿十八岁生日之际"，这是老爸专门为我创作的一首长诗，诗里有回望有期待，冷静而热烈，每一句每一字都饱含着他对我深深的爱。真的很巧，我眼里的老爸做过许多浪漫的事，都和诗有关。也真的没想到，年过半百的老爸，又做了这第三件在我眼里最浪漫的事：出诗集，念他所恋，感他所见，诉他所闻，写他所想。真好！

"女儿啊，我想出诗集"，"想出就出啊。爸，您第一本诗集，我必须支持必须赞助啊"，"女儿长大了真好啊"。不知从何时起，他已习惯了这种对女儿的依赖和撒娇。也许是从女儿在他心里真正长大了开始的吧。

怎么写着写着，就发散出这么多内容了。那接下来尽量简短点。这老爸"浪"的第二方面嘛，就是，喜欢到处"流浪"，爱旅游爱玩，若是流浪到拉萨街头，老爸怕是也能成为最美情郎吧（注：仓央嘉措诗《问佛》里写道，流浪到拉萨街头，我是世间最美的情郎）。老爸很贪玩，之前呢，就是国内各种玩，自从可以申请出国后，老爸就一直叫我带他和妈妈出国"浪"。为了有效落实"领导"布置的任务，我全程安排了泰国和日本自由行，先试了水，他可真是玩得不亦乐乎，语言不通也一定要手舞足蹈地跟对方沟通沟通，说这样才能更好地了解这片土地。真的是看什么都新鲜，干什么都好奇。小孩老小孩，童心未泯，就是这样吧。回国路上，爸妈聊天，老妈问过老爸一个问题，如果就咱俩自己出来玩，还会这么从容这么"嚣张"吗？老爸说，不会，我肯定不敢这么跟人沟通，现在想怎样就怎样，是因为有女儿在，她会托底的。不知怎的，突然就想到小时候，委屈了害怕了担心了的时候，那一句，不怕不怕啊，爸妈在呢。看来，女儿是真的长大了。

　　继续说回老爸"浪"的第三方面，二十多年献给了海，没浪可怎么行？我出生海边，爸妈都曾是海军，我爱海，对海有说不出的情愫与亲近，爸妈也是。海风轻吹，海浪轻摇，当初年轻的水兵，转眼就成为近三十年的老海军，这一晃，又都已经离开海军十几年了。可对海的深情，对这片蓝对这份广阔的向往，却从未随着时间飞驰而流逝……踏浪而来，乘风而去，不带走云彩，每每回首，都是那一抹蓝，一望无际。前两日，老爸开玩笑，女儿啊，你这次生日可了不得，不止全海军为你庆贺，连外国友人都会发来贺电。是啊，今年是中国人民解放军海军建军 70 周年，我的生日就是海军诞辰日那一天！又要老一岁了，古人有云，三十而立。奔三的我，也要彻彻底底地长大，立业立家立责任，为父母撑起一片天了。

老爸让我写"不想长大"，可不知怎的，自提笔起，却发现自己实实在在长大了。

其实我并没有不想长大。我不想长大的唯一理由，就是我的长大，意味着父母的老去。而我，多么希望时光走得慢一点，再慢一点，让他们头发不白，皱纹不深，精力充沛，一直年轻健康。

我如此盼望长大，因为我的成熟与担当，就代表着，父母可以做回孩子，让我终于可以宠爱他们，一如我儿时他们宠爱我一般。也代表着，我有能力让操劳了小半辈子的父母，可以卸下重负，实现自己的梦想，不留遗憾，从容且优雅。

蓝曜，就是老爸梦想的起点。

梦从海中来，向着光亮去。

真好。

2019 年 4 月 16 日凌晨于家中

附二

一个梦，一直蓝（代后记）

三十年前的那个冬天，我做了一个梦。
一个梦，三十年。这个梦，一直蓝。

1988 年底，我从海军大连舰艇学院毕业。分别时，同学间纷纷寄语留言，字里行间全都希望彼此"星光熠熠"（走上将军之路）。因为我们学院被誉为"海军军官摇篮"和"中国海军的黄埔军校"，自 1949 年成立以来已为我国海军培养四万多名军政指挥军官，三百余人成长为将军。而我，则希望"做诗坛的一颗新星，出一本属于自己的诗集"。眼下，五名同学圆了"将军梦"。而我，徒有一梦！

这梦，很蓝！从海军蓝到税务蓝再到蔚来的天空蓝，蓝色是我生命的行走，也是我生命的色彩！所以，这本诗集，就叫"蓝曜"。

曜，耀也，光明照耀也。——《释名·释天》
蓝曜，蓝色的光芒。

一直以来，我都是诗歌的仰望者。年轻那会儿，我看诗，看泰戈尔、看普希金、看波德莱尔，诗在天上，像星星，在遥远的夜空里闪烁，把我的梦闪烁成蓝色的诗行。带着这样的梦，我在海里走了二十三个春秋，走过一万八千公里的海岸线，常常沐浴海风，看天看海，写下了一些与蓝色相关的文字（是不是诗已不重要）。后来，离海而去，身后却总是涛声阵阵，不安分的浪花跳动着心底的渴望，偶有诗兴诗情，也只是一些小格调、小情绪而已，尚不足为诗。忽一日，遇高人提点，遂重归诗行，潜心写作，却发现，岁月未老，两鬓已白。蓦然抬头，诗人都在天上，像自由自在的云朵，飘飞着各式各样的诗意人生，令我心神向往。去年有幸，两次参加"中国诗歌万里行活动"，与当今诗坛叶延滨、傅天琳、张新泉、周庆荣、龚学敏、祁人、陆健、牛放、谢克强、杨泥、爱斐儿、梁平、熊焱、曲近、高旭旺、李犁、孙思、安海茵、李自国、柏常青、周占林、龚璇、唐成茂、王学芯、张宏、李永才、阿诺阿布、曹树莹、吴海歌、王老莽、金铃子、刘燕、王妍丁、陈亚美、若离等诸多名家近距离接触，面对面地聆听各种诗言诗语，真正感到"走进群山之中，每一座山峰都是高耸的风景，我抬头仰望"，"山峰和山峰聊着比山更高的事，高度无法探测，云端翻卷着他们的对话，天空和我一起倾听"。当时只有一个想法：一定要走近他们！

一直以来，我都是诗歌的攀登者。虽说我一直在写诗，但如果用一个诗人的标准来衡量，我目前还不属于诗人的范畴，至少我还不具备真正诗人的格局、情怀和诗风，充其量只是诗歌爱好者一枚。

所以，要想真正步入诗人的行列，我还有很多的路要走，还有很多的山要爬。"他们的声音是最好的向导，我努力向上攀去"。不可否认，诗人在我的眼里，就是一座座高高的山峰，我一直都在努力地向上攀爬，试图找一个离山峰更近的地方，走一条属于自己的路，哪怕爬得很慢，脚步始终向上。"仰角的度数开始变换，我仿佛看到了山峰每张真实的脸。我试着发出自己的声音，山谷里鼓荡起风的力量。"的确，我在仰望里看到一种希望，而这种希望一旦在心底生根发芽，就一定会蓬勃生长！虽然在通往诗峰的路上，充满艰难困苦，但我相信：自己不放弃，就不会有放弃！只要坚守自己的坚守，一定会有那么一天，哪怕是某个时段的某一刻，能与真正的诗歌面对面地聊聊，也可以说是今生无憾了！

　　一直以来，我都是诗歌的幸运者。三十年前，在大连锅炉厂的一间平房里，我幸运地认识了当地著名诗人阿拜，他把我带进了诗歌，让我"学会看茶杯里的波纹"，要把"我在树下沉默"写成"我的沉默是一棵树"，这棵树在我心里一直长到今天。可当我再去拜访他时，他已成了一支燃烧的"白蜡烛"，为纪念启蒙之师，我写下第一首人物诗《拜阿拜》。回首过往，我一直游走于诗歌以外，只剩一颗依然跳动的诗心。去年初，友人带我参加了《第三届华语诗歌春晚》，突然觉得"写诗的人美得像诗，诵诗的人美得像诗，就连听诗的人，也一样可以美得像诗"，写诗的激情瞬间点燃。更幸运的是，从那以后，我得到了当今诗坛诸多大咖的指点：著名诗人周庆荣先生告诉我，写诗一定要有"对生命的关切和世界的悲悯"，"文字要坚持干净"，"诗歌是人性中最柔软最光明的，所以，如果世界正在遭遇黑暗和冷硬，我希望诗歌会最后证明人性共同的温度"，"在写实的叙述中，一定清醒模糊地让人产生更多联想的语意"……著名诗人爱斐儿女士则让我注意"词语的跨度和意象转化带来空间感和张力，分行新诗尤其需要突出这些特点"，"尽量减少一些口语，多用象征性意象，增加阅读的想象力，好的读者喜欢探险"，"省略不必要的修辞，每个字都闪闪发光"……著名评论家、诗人黄恩鹏先生对我的《人物组诗》给予的指点是，"不简单地描摹，而是有生活'原型'，这样就有'在场'感。而提升思辨又会让文本厚实。这是诗的根本"，"'小人物'系列是一个非常好的接地气题材，坚持写下去，可写成一部作品。保安、农民、城市小商业者、看门人、清洁工、饭店服务员，等等，每一种都有现实存在的人物影像。而且，关注小人物的诗人基本没有，兄之所写，是有意义的写作，期待读到更多"……著名评论家、诗人孙思女士告诉我，"不要太具体，也不要每个细节都放，要避重就轻，要留空间给读者，空间就是张力"……满满的收获，何其幸哉！

纵观当今诗坛，高手如云，诗集众多，自己并没有太多的底气出诗集，毕竟对自己几斤几两十分清楚，要想出一本真正意义的诗集，差距还很大。之所以斗胆"亮"相，只是为了圆自己的一个梦，给自己的人生一个交代，仅此而已。所以，诚请各位不必太过在意和挑剔，权当是一个文学爱好者的习作，给以包涵。

最后要说的当然是感谢！感谢身边所有的遇见，感谢黑夜的黑和白天的白！感谢天堂里的父母给我生命内外，感谢妻女这些年一起走过的艰难！感谢出版社编辑老师的辛劳，感谢蔚来汽车和车友们的支持！更感谢周庆荣先生亲自作序，感谢姜念光、陆健、李犁、黄恩鹏四位先生和爱斐儿女士精心评点，谢谢！是大家的一片海汇聚成我的一滴水！

在收笔之时，我想用两句话简单概括一下这本书。那就是：

感悟生活以外的感悟
生活感悟以里的生活

程立龙诗选缘

程立龙
2019.03.21 于北京

30 年前的诗选封面